车延高／著

诗眼看
SHIYAN KAN WUHAN

武漢

武漢出版社
WUHAN
PUBLISHING HOUSE

目　录

盘龙城

三千五百年,成就了多少生生死死

时间没有露面,黄土从容落定
掩埋了一座古城
掩埋了代表历史的陶片和青铜器

主宰过当年的刀光剑影已经锈蚀
根依旧带血,折断的箭镞开出了花
在英雄倒下的地方,盔甲长成村落
虎符丢了,硝烟散去,铜鼎供着香火

一匹马走进画面,传说骑在马背上
风还在走,马蹄还在走

琴断口

不去考证那把古琴损坏的程度
只问,还有没有人想去修复它
琴断口不仅是过去的地名
它有强调的口吻,在等一句对白
断过的弦可以在断过的地方接上
是啊,知音死了,还有那么多人要活
灵巧的指头为什么不劝劝生锈的心
水流向前,生者不该被昨天伤害
一个亡魂也不该让你拒绝活着的人
泪突然间醒的,从楚国的眼眶落下
月湖盛满夜的沉重,月影清理野草
伯牙、子期就坐在记忆守护的坟上
灵魂洁净,两袖清风
真正的符号夷为平地,尘埃
大于一切
现在空和有是相逢一笑的剑与鞘
两颗心的想念缔约,废除了距离
琴断口,你的流水有韵
述说一柄古琴摔出的佳话
听话听音,我知道今天一定比昨天重要

弯腰,我把时间扶起
去古琴台拨弦,听高山流水

昙华林

天高,花园山在云彩之下
嘉诺撒小教堂静静地蹲在山顶
给江城一个完美的艺术造型
让砖瓦在记忆的印泥中落定
把历史打进校订后的编年
那条归属它的石板路,搁满脚印
离过去不远,离现代很近
四下眺望,当年的建筑还在
有的抱残守缺,有的
被后现代艺术打扮得不知所措
遗失了当初,也另类于骇世惊俗的今天
朴园和榆园固守原地,博大精深的样子
就像门前的朴树和榆树,有根
枝叶被百年风雨反复吹落
依然站着,是不肯打坐的思想者
当年来住在这里的人大多成了名人
门前泥土拓下脚印,现在
还能喊得出名字
钱基博,傅抱石,徐悲鸿,冼星海,田汉
那个被称为三厅厅长的人也来敲过门

独自在树下踱步，树叶被他一次次踩疼
据说《屈原》和《洪波曲》在这里诞生
接生的人，就是一群读书人
当新谱的音符出世，随茶香和书香跳动
他们汇聚昙华林
抚摸这个很久以前诞生的名字
有时我陪客人来这里寻踪
才发现，历史和今天都青睐这片土地
拨开窗外的晚樱和篁竹，用左眼去看
人已去，功名皆空
可你穿过胭脂路，去岁月的那一侧眺望
一位修女正和不肯露面的时间道别
我们把心提在手里，用右眼去看
匆匆忙忙的过道和楼梯，走动着
过去，今天，未来
一切以奇特的方式会面，互不干扰
人虽去，楼不空

他已经有瘾

我不说名字,名字不重要
名字人死如灯灭
可老百姓都知道他
半夜三更打电话,他起来接
像接亲戚家的电话
第二天他会尽心去办人家反映的事
是一些部门应办没有办的事
是一些公务员看不起眼的小事
是他放下架子到处求人的事
办妥了,有人感谢他,送锦旗
也有人翻白眼说:狗拿耗子
他我行我素,他已经有瘾
每年要去义务献血
给一个白血病孩子捐了骨髓
今年他退休了,不肯下岗
依旧应承这应承那
忙得像拿了双倍工资
我有时遇见他,头发全白了,没时间梳
鸟巢一样,乱糟糟的

校门前的牌坊

珞珈山，一尊资历不浅的牌坊
站立成知识的骨架，学问入世
天下仰风
经风淋雨时节，打磨过沧桑的痕迹现身
跟古朴的书香同路
年岁勒进时间，比教授额头的皱纹更深
落定为校门，是不用递送的名片
由智慧之手雕塑，站立出文化的高度
在知识的硅谷中构造制高点，它是
成长中的地标
这里没有诠释封闭和桎梏的纽扣
知识被一本本书翻开，比胸襟开阔
进出的学子领会古老的不耻下问
用自己的方式翻译，畅销
属于这所名校的骄傲
小憩时，会去看望李达的雕像，站着
和他一同凝神思考：今天，明天，或更远
一群走出校园的青年
如何用自信，征服属于世界的社会
这里没有褊狭和小心眼

西洋建筑和东洋的樱花只填写简历
祖籍表明过去,不代表
今天走出的脚印和下一个选择
挺立的罗马柱是另一种骨头
站在知识的前沿,有铁肩,还有责任
扛定知识和文化的穹顶。相邻处
好大一片樱花,在热爱它的时节里开
清晨陪读书人,日上三竿时观看赏花人
太阳下班了,等人约黄昏后的恋人
这里,有些知识在课堂之外
珞珈山四围,风是艺术,树树皆秋色
越过环湖路,东湖是水立方
浪花游动,给一群鱼讲解生态
目光搁远些,磨山在阐释定力
水可以流走,岸,守着自己的防线
就如这尊牌坊,代表一种持守
认定知识是铁打的营盘
甘愿做一身风骨,肃立
给一所百年名校站岗
作为景仰者,我常常忘掉自己
和路人一同站立,抬头
一字一顿地读:国立武汉大学
然后习惯地让目光回扫
将六个有生命的汉字倒回来读
———学大汉武立国
就有一种禅悟,多深奥的哲学啊

不动声色,任思考带领你去苦想

文武之道,一张一弛

把自己当扁担的人

在武汉的很多街边和路口都能找到他们
他们吃饭的家伙就是一根扁担
因此人们就用这两个字称呼他们
他们穿着城里人很少见面的旧军鞋
裤管挽得高高的
让健壮的肌肉向路过的人展示自己的实力
他们习惯于扎堆儿
三五一群,在树荫下躲着
他们习惯坐在自己的扁担上
就像坐着稳稳的江山
他们相信守株可以待兔
只要老老实实守在这儿
城里人就会颠颠地来找他们
一旦成交
城里人就会像将军指挥士兵一样指挥他们
他们乐于被指挥
乐于累得汗流满面
这时他们的衣衫就比城里人多出一个功能
可以撩起来擦汗
他们有他们的聪明和算盘

希望由此建立一种信任和默契
下次有事还来找我
你拿出该拿的钱
我拿出更多的汗水

梦萦东湖

在黄鹤丢失的脚印里找到你
眼睛播种的童年肃立着惊讶
何时
你已被雨季的奶水一天天养大
生你的长江无牵无挂地走远
你长成了一道风景
长成天的镜子
长成浪花散步的广场
你玻璃的眼神擦拭着蓝天
你涟漪的酒窝捕捞着船帆
你想象的鸥翅剪贴着云朵
你妩媚的秋波暗恋着磨山
当风的嘴唇吹醒衔着湖水走来的青草
当柳芽把吐出的翠绿领进你心的门槛
当雨点的兴奋敲击你叶片的琴键
当红叶穿着秋天的风衣走进记忆的光盘
你兼并了城市一切美女的美丽
迷人的笑靥在大方的肢体上造型
摇曳着倾国倾城的妩媚
把长满精神的眼睛请进梦里水乡

月光从树叶上走下来
走进冬雪葬花的地方
你从月光上走下来
走向还在装潢的天堂
无所事事的云打量着你的身段
在风中把自己剪裁了一万次
牵着含苞欲放的季节
织进城市为你构思的风姿绰约
你旖旎的风姿梳理袅娜的垂柳
你细腻的情感拥抱多情的目光
你深邃的思考否定轻率的雨点
你浩渺的烟波浮载真实的猜想
水杉的笔尖上站着天空
书写太阳交给雨滴的诗行
柳丝把洗净的碧波盘在头顶
在深秋的舞台一次一次把自己脱光
小船的脚板踢开贪睡的晨雾
把新鲜的渔网撒在高度近视的湖面
车轮的秩序碾过日历的路程
把喜新厌旧的游人停靠在若有所思的路口
眼睛爬上楚天台闪动汗水的兴奋
在每片激动的树叶上翻阅文化的珍藏
耳朵走进古乐府敲击编钟的雄浑
在每个留恋的音符里重温历史的回响

湖畔
雪松的肩膀扛走一个满载雪花的冬季
风不再发抖
一把伞躲在浪漫的雨季
和早熟的春天分享你的温柔
水面
雨点的芭蕾踮成一叶初露头角的小荷
巡航的蜻蜓已经休息
爱情在月光的投影下约会
仪态万方的腰肢扭着读不完的幸福
这就是东湖
白云黄鹤把传说留在歇脚的地方
寻访的来客已经学会吟唱
朱碑亭榭把篆刻的预言拓印在
蓝天和碧水装裱的画廊
这就是东湖
楚风汉韵从兴盛走向鼎盛的地方
忙碌的城市还在为她布景
城中之海把夺目的剧照倒映在
太阳和月亮交接的早上

红菜薹

一

梅花还在骨朵里修禅
红菜薹就举出金灿灿的花盏
冰天雪地让风作证
向往温暖
有灵性的植物
就能把太阳冶炼成金子
贴出
鹅黄色的花瓣

二

宝通寺,晨钟暮鼓
像一个有意无意的提醒
等一轮月打开天目
就悟透禅机
红得发紫是一种危险的颜色
金碗盏的花要小心翼翼,选在
冰封雪冻时打开
哲学进入简单

冷却
才能持久保鲜

三

仅仅慈禧太后吃过
价钱不会一个劲地爬坡
晚清那会儿
去满汉全席里镀金的菜名太多
所以我相信天天过日子的百姓
是没有脚的口碑,成就了
红菜薹
一个家喻户晓的传说

四

拱起洪山宝塔的那块土地没说话
一年一茬的红菜薹没说话
那些把钱拍进菜农手里的菜贩子
海粗的嗓门说
贵就贵点！挣钱
就是花的
不能亏了这块风水宝地

武　钢

一

把它冶炼的钢制成一个砝码
可以测定一座城市的重量

二

铁水流淌出来
你可以问问高炉,冶炼过太阳之后
一滴汗水有多重

三

去冷轧厂观看热情,这里
每天都在发表作品
你可以目睹另一种才思泉涌
还能看到
一种坚硬
成型之前的婉约

四

设想炉前工是诗人
他们让太阳从天空走下来
笑对它红彤彤的脸
再去看炉里的铁水，恐怕也会想到
一滴汗
是在劳动的模具里
成型

五

在焦炭的记忆里
钢水是汗水的另一个版本

六

如果把炉前工的汗水想象成种子
发芽的过程可以省略
不同颜色的安全帽替代花朵
我们去桥梁、楼群、铁路、电站看看
它
怎样长成了一副副骨架

七

在我眼里，那几排红砖房有姓氏
它们认识高温

它们不嫌弃铁锈色
它们穿着那个时代给定的服饰
它们知道
钢在实现使用价值的过程中
才有资格
佩戴这种颜色

八

你可能读过《钢铁是怎样炼成的》
其实在武钢有现实版作品
来这里寻找灵感
或许还能写出散文、诗歌、报告文学
可以同名,也叫
钢铁是怎样炼成的

九

我一直相信
专用铁路的钢轨是从武钢铺出去的
这是通天路
炉膛里一颗太阳有梦
可以去天上
省亲

他相信脚下有另一条路

走近他，你会想起北方
想起北方雄浑、豁达的一马平川
想起北方常年留有一抹飞白的山顶
想起北方用泥土一天天喂大的儿子
如今，他已走过七十七年的历史风烟
走过不再属于自己的年轻，他宝刀不老
站在那里永远是横空出世的一架山岳
是悟透了佛心慧语的一世画魂
是一支画笔让鬼雄为之折服的大师
他头顶的飞雪白着，超然于春夏秋冬

是时间和自然对睿智的一次摩顶
他不相信艺术是一种跟踪
他坚信脚下有另一条路
他认为墨不是黑的，灵感可以让它改变
他双目微沉，那是一束禅意
他一袭红袍，那是一种化境
白石居地，洗笔的水淌出一条先河
大千世界，捻断的胡须把过往的风抖落
韶华还在，笔下的线条抽象出另一种颜色

看见了吗？画笔落处四季只是一幅山水

泼墨的地方,站起的是汉唐雄风
一棵红树就是目光里的远方
一串脚印就是丝绸之路的艰辛
一群骆驼就是大漠里的生命方舟
背负艺术的行囊,他是走南闯北的行者
一支画笔挥就的线条,是他走不完的路
一方宣纸铺出的故土,有他写不够的意境
一条大江研出的墨,汇成他笔下的荆楚狂歌
当我从宇宙的高度寻找滋养艺术的灵感
所有的山脉都托起一轮皓月
在月亮走过的路边,我看见一扇窗口
一个伏案的身影把宇宙变得那么小
一个灯前挥笔的人把月亮拉得那么近
一个用白发改写黑夜的人把星星熬成钻石
一个在否定中发现肯定的人在走另一条路

南岸嘴

停留过楚风汉韵的美人尖儿上
梳落了鬓梢多少烟波秋雨

一切渐次远去,那一身酒香
那一片挥成帆樯的手臂
吟诗作赋的诗人站成了岸边的泥土

执拗的目光依旧背着手
胡须在飘,灵动的思绪在飘
脚下的土地也在历史的脑海里飘

风还在天空翻着比云厚的稿纸
一行清泪一行浊泪写着会走的诗

江滩，晨练的嫂子们

江滩的早上，那些晨练的嫂子们
是一个很认真很自觉的群体
她们把自己当成会动的音符
排列在比早晨更新鲜的空气里
舞蹈一丝不苟地编排她们
让她们成为公园里的一道风景
她们是一群嫂子
一群从姑娘堆里淘汰下来的女人
她们至今心有不甘
发福的腰腿上绷着紧身的衣裤
仿佛这样就能回到当年
就能保住属于自己的今天
你如果有机会走进她们
你会发现她们其实挺了不起的
她们当中有的是癌症患者
有的靠几百元低保费支撑一个残缺的家
有的早上只喝一碗稀饭
就去做一天的家政
一双手把春夏秋冬抹洗得干干净净
每次都带着一身灰和疲倦回家

除了晨练时她们给自己的心放一次假
她们的开心和微笑多数在梦中
梦里看到做姑娘时的自己
梦里给自己的秀发别上一个发卡
梦里去美容店大方地消费一次自己
醒了之后,一切照旧
年龄跟着她们老,生活催着她们老
她们生怕自己老,但拗不过岁月
我曾设想过三十年后的一幕场景
那时你来寻找这个没有单位的集体
她们当中许多人可能在养老院落户了
依旧没事找事做,依旧心有不甘
一头白发书写另一部春秋

有趣啊，武汉的道路

用外来的眼睛，武汉很大
走很远的路，两条江
在南岸嘴会师，
隔出比三国小一码的三镇
武汉特殊了
一座城市，三块版图，隔水相望
相互走动有一座座桥；路
悬在半空里
毛泽东从江中游过，有了天堑变通途的诗句
如今又有了过江隧道，路
潜到江水以下，是另一种流动
车流比江水跑得快
有时在岸边畅想：江面也是一条大道
帆樯点点，逶迤入海，与天相接
替大江留守的部落叫湖，有不同的名字
温柔的浪线圈出领地
像上帝用过的镜子，被风擦亮
照亮漂在云彩之上的天
小船和游艇在水面走
岸上的车流和人流也在走，

水杉守护的路,叫环湖路
是湖岸之外的一道裙边
江、湖自由率性,决定了江城道路的个性
不像西安,一身霸气,东南西北贯通
写出直来直去的井字形
武汉的路依山水就势,随遇而安
有曲就生态,遵循规律的秉性
即使是在相对规整的汉口,
路,也被一条大江流成独特韵致
聪明的武汉人用武汉的聪明给它们取名
顺江方向的路叫大道
沿江大道,中山大道,京汉大道,解放大道,建设大道,五干道
横穿干道之间的叫路
我在江岸区选了几条路,一串,十分有趣
一元路,二曜路,三阳路,四唯路,五福路,六合路
一种上楼梯的感觉,兆头好
芝麻开花,节节高

汉阳树

你用精神抖擞的树叶告诉我:风
在动
云飘过去,又飘回来
飞成一片羽毛的黄鹤有去无回
黄鹤楼没你坚定,火焰冲天时,它逃离过
又被寻找的人搬回山顶
修炼千年,现在刚刚脱俗
像一个守株待兔的山人
而你在梦外迎送无数陌生的游客
脚跟生茧,扎进厚厚的故土
不仰慕高处,镶嵌了金粉的名字
挤在闹市的缝隙里
用树叶的眼睛眺望,水声流过
崔颢的脚印被一首诗埋了
江上,烟波浩渺
鹦鹉洲被锲而不舍的风吹走
两岸,一茬茬青草有自己的姓氏
你孤独,却成了唯一
不知是时间呵护你,还是你在呵护时间
栉比的群楼成为背景,孤独和喧嚣和睦相处

你设想过各种姿势的拥抱
都被现实拒绝,距离是拆不去的墙
从此以铁树的信念站立
看黄昏浪漫
白沙洲卧入夕阳
再听树叶吹出神曲,酝酿月亮和明天的太阳
树冠之上,银光流瀑
有一只白鹭飞过
像童年的黄鹤
把梳理羽毛的风贴在天上
梦超越现实,半只眼睛观世
黄鹤衔走的叶片,被光速雕刻
一段情飘落唐朝
诚动天地的诗集走出一位诗仙
幸运的双手伸出,接住
一枚从汉阳寄来的书签

码　头

在江水写出的诗句上驻足，放眼两岸
小心翼翼的芦花正在打扫江风
汗水夯实的桩生根，把堤拴牢
像有耐心的锚，卧成痴心不改的码头
水路不再遥远，跋涉的船有了驿站
起锚宜昌，张望汉口
过了集家咀，停靠粤汉码头
船，来来往往；人，上上下下
需求向供给伸出默契的手
有生命的人流支配无生命的物流

过去，码头不消费文化
汗水把汉字和书籍搁在大脑之外
那些用酒精补充体力的汉子
凭臂膀和拳脚讲理
靠哥们义气打出自己的领地
一座座码头成为山头
保护费是一群黑手持有的股份
用血盖出比海关更为古老的印戳
有人雁过拔毛，有人忍气吞声

后来，码头进化为城市的地标
汛期，是临危受命的闸口
洪峰压顶，整座城市的意志团结在这里
每个草袋和石块都有坚定的决心
严防死守！成为一堵堵人墙的骨格

现在，码头成为江滩公园的入口
大江没有流走日月，流走了旧时的落后
公共领地，一切都在阳光之下
没有高低贵贱之分
新入住的球场、泳池、雕塑、酒吧都很忙碌
用纯粹的、自然的、统一的绿色
迎接每一张和城市一样骄傲的笑脸

时间和江水一以贯之地向前走
我习惯在浪花早朝的清晨去江边散步
看太阳给一座座码头分配温暖
多好啊！没有仪式的加冕
码头和栉比的楼群标刻历史不同的高度
它们手挽手的姿势让我想起万里长城
想起一个伟人高瞻远瞩的诗句
虎踞龙盘今胜昔

轮 渡

不管江水流动是否代表时间的长度
自打轮渡出现在汉口江段，丈量
就成为一种义务
106 年不长，行走的路很长，很长
给等待和眺望的眼睛留下活生生的截面
那个躬着腰用汗水擦洗甲板的船工
一直把轮渡当成祖国
脊背上流淌另一条大河，被太阳照耀
漂洗过苦咸的岁月和生活
风吹弯了他的腰，把年轻雕刻成苍老
双脚还是相信甲板
相信自己与日月同辉，担负着和轮渡相同的使命
在此岸和彼岸普度
是水面之路，是浮动的桥
用单调的往返，完成日子和日子的对接
前几年，他退休了，环顾四周
每日擦肩而过的几艘轮渡也退休了
现在，偶尔还上轮渡
只为怀旧，只是一名普通乘客

他看那个抛缆绳的员工很年轻,再看远处的桥
一座比一座年轻
想想那些匆急的车轮和脚步
再看江面上步履蹒跚的轮渡,就想到蜗牛
心,还是有一寸沦落
感觉轮渡和自己一样老了,一丝悲凉
吹冷了风
热的！是一颗心,两行爱屋及乌的老泪

大余湾

在祖先留下的太师椅上摇蒲扇
看手持话筒的美女出镜
一双会采访的眼睛美，眼睛里
不施粉黛的湾子更美
淡定，在时间的皱褶里卧了 600 年
镜子里，和婺源相似的表情
还是姿色
不管明末清初的蝴蝶来不来
那些会种油菜花的人把脚印搬到这里
大余湾就是脚印里长大的孩子
五口池塘、三片花园、一湾清水，
不入画，让多情的滠水河装裱
研子岗就有了一幅自家的山水
摘下太阳镜，跟着左右摇摆的牛尾走
旧宅檐下，朱元璋荷犁牵牛的彩绘
是漆于木头上的一厢情愿
还是在逢场作秀
风车、手车、龙骨脚、犁、锄、耙厌烦了休闲
想念那双手，握定劳动，虎虎生威
进入厢房，雍正朱批的谕旨箱空着

四豆同荣的寿匾老了
雕花床上,一个姑娘重新打扮日子
那个从梦里来,背对鼓皮屏风的读书人
依旧相信铜灯,埋头
将“一门三太守,五代四尚书”嚼成一段菜根
荣耀尚在喘息,泛着不见亮度的雅光
吱呀一响,门被好奇的眼睛推开
挤进一个城里的女子,风姿绰约,四下张望
跟进来的是世界,后面有一群
璀璨夺目的阳光

吉庆街

一

吉庆街没有特权，普通的街
火了，声名鹊起
偶尔，我挤进熙熙攘攘的人流
想和《生活秀》中的主人公谋面
“麻雀”是真的，一把胡琴与宾客拉家常
见谁都近乎，亲得像一家人
来双扬未露面，摇身为一块块招牌
——来双扬鸭脖子
我喜欢吃鸭脖子，更想见来双扬
可她只出现在影视屏幕里
微笑真诚，不温不火
时间一久，不再去影子里找她
脑子里会冒出《红楼梦》中的一句话
假作真时，真亦假
真作假时，假亦真

二

头一回去吉庆街，坚决不点歌
听邻桌的女孩唱《孟姜女》，心就冷
想穿衣服
想起——小曲好唱口难开
想起——富人欢笑穷人愁
想起吉庆街的另一个名字
——旧社会
曲终，女孩收下钱去了另一桌
我捏紧在口袋里出汗的钱
一遍遍拷问自己
凭本事挣钱是不是劳动
坐在吉庆街听歌的是不是观众
还有市场分发的那份报酬
拿了，光不光荣

三

起先，他和那把吉他躲我
好像他在社会里窃取了什么，不光彩
现在不再躲了
弹奏时的陶醉和投入告诉我
他已融入音符，融入这个舞台
高低、贵贱、尊卑逃之夭夭
现在，他站立的地方就是自己的岗位

那些听众拥有自己的席位

大家平起平坐

品尝美食,朝拜文化

古德寺

想把你的过去擦亮

有觉悟的雨，把天空洗蓝
衬托希腊神庙的风韵

古罗马的表现手法被年轮抄袭
试图营造独一无二的神圣
只是中国的版图太大，上滑坡太小
你蹲那里就是委屈，九尊佛塔
一尽哑然
无法解释现代城市营造的喧嚣和拥挤

太阳正为你升起，用明亮的光弘法
风勤快着，来来往往，想把你的过去擦亮
可时间馈赠的沧桑那般执拗
就像身着袈裟的主持，恪守禅理
不管山门所对的都市如何变化
他的骨头已有归属

脱不去

那件超然物外的僧衣

看到阿难陀寺的身影

可能是在缅甸，面对阿难陀寺
我曾想过
三大佛教住持一座帕那瓦风格的庙宇
不诵经
就是广闻天下的弘法

回到自己的祖国，在汉口，一个叫上滑坡的街区
又看到阿难陀寺的身影
别具一格的美，一定会水土不服
一定会有理念冲突引发的磨难和苦楚

可它静默，缄于表达
蹲在那里的姿势让人想起思想者

这才明白，学会承受和忍耐是最需恒心的研读
进去了，就具有一双慧眼
心有灵犀，学贯中西

在历史的天空下放纵勇气

作为游客，我不能扼杀真实的感受

沦落过后，你仍被没有禅觉意识埋没

普度还在路途，佛心望不穿慧眼
车轮滚滚，红尘扑面
金粉敷面的墙外，文化输给伪价值

水泥和钢筋还在堆砌高度，一对鸟翅
停落金顶。祥云横陈
让人忘却历史的厚度

把目光放远，看火柴盒式的建筑陈列自己
用生硬的线条和你比肩
我就想到改行

去清华深造，做一名胸无大志的设计师
一生就做一件事
在历史的天空下放纵勇气，整新如旧
还原一个独一无二的你

交给世界

让荧屏漂亮的武汉女人

谢　芳

武汉出去的名演员不少，印象深的
有三个
我最早仰慕的是谢芳
那时，她在荧幕上，我在青海当兵
距离培养了各种想象
战友相聚就谈论她，因为她长得漂亮
后来知道她是武汉人
就猜想，她一定用东湖的水洗过脸
才有南国的水色
她演林道静的《青春之歌》我看了七遍
认定，她的青春就是歌
前几年，她来汉口拍《陪读》
我第一次和她见面
风韵犹存，一脸武汉女人的漂亮
气质随她左右，是生活中淘来的
熟了，我心怀歉意地问：您是名家
只给这点片酬，是不是低了
她还留着年轻时的微笑

用没有失真的纯洁看我,她说
钱是请不动我的,我为艺术而来
我眼睛有些热,认真地看她,她用手捋了捋白发
像要说什么,又没说
敬重失语,我如一截木头
站在若有所思的缄默里

徐　帆

徐帆的漂亮是纯女人的漂亮
我一直想见她,至今未了心愿
其实小时候我和她住得特近
一墙之隔
她家住在西商跑马场那边,我家
住在西商跑马场这边
后来她红了,夫唱妇随
拍了很多叫好又叫座的片子
我喜欢她演的《青衣》
剧中的她迷上了戏,剧外的我迷上戏里的筱燕秋
听她用棉花糖的声音一遍遍喊面瓜
就想,男人有时是可以被女人塑造的
最近,去看《唐山大地震》
朋友揉着红桃般的眼睛问:你哭了吗
我说:不想哭。就是两只眼睛不守纪律
情感还没酝酿

它就潸然泪下
搞得我两手无措，捂都捂不住
指缝里尽是河流
朋友开导：你可以去找徐帆，让她替你擦泪
我说：你贫吧，她可是大明星
朋友说：明星怎么了
明星更该知道中国那句名言———解铃还须系铃人
我觉得有理，真去找徐帆
徐帆拎一条花手帕站在那里，眼光直直的
我迎过去，近了
她忽然像电影上那么一跪，跪得惊心动魄
毫无准备的我，心兀地睁开两只眼睛
泪像找到了河床，无所顾忌地淌
又是棉花糖的声音
自己的眼睛，自己的泪
省着点
你已经遇到一个情感丰富的社会
需要泪水打点的事挺多，别透支
要学会细水长流
说完就转身，我在自己的胳臂上一拧。好疼
这才知道：梦，有时和真的一样

刘亦菲

我和刘亦菲见面很早，那时她还小
读小学三年级

一次她和我女儿一同登台
我手里的摄像机就拍到一个印度小姑娘
天生丽质,合掌,用荷花姿势摇摇摆摆出来
风跟着她,提走了满场掌声
当时我对校长说:鄱阳街小学会骄傲的
这孩子大了
一准是国际影星
蒙准了,她十六岁就大红
有人说她改过年龄,有人说她两性人
我才知道妒忌也有一张大嘴,可以捏造是非
其实我了解她,她给生活的是真
现在我常和妻子去看她主演的电影
看《金粉世家》,妻子说她眼睛还没长熟,嫩
看《恋爱通告》,妻子说她和王力宏有夫妻相
该吻
可我还是念想童年时的刘亦菲
那幕场景总在我心里住着
为她拍的那盘录像也在我家藏着
我曾去她的博客留过言
孩子,回武汉时记得来找我
那盘带子旧了,但它存放了一段记忆
小荷才露尖尖角
大武汉,就有一个人
用很业余的镜头拍摄过你

问津书院

跑前跑后的风,是路雇请的轿子
颠碎时光
几位鲁人,跟在时间身后
进入楚地

那时没有问津书院,也无孔叹桥
乡野以远,牛牵着田埂走进原始的表情
子路问津处,野渡无人
两岸杨柳作揖,说话有一河流水

那时也没有圣人,三千弟子埋首寒窗
孔家老二,一个酸酸的教书人
青衫褴褛,由表及里,逢人抱拳打拱
左脚板向右脚板问路

一条横断去路的河数他踩过的石头
不会让路的山掐断小道
几张煎饼薄过纸,把饥肠编入无眠的村落
青灯熬困半部《春秋》,月光白
泥墙上,影子思考。一部《论语》在胸

此后千年，乡野上的脚印长成传说
问津书院在夫子问道的地方问世
杜牧、朱熹、孟珙、吴澄去厢院里教书
白鹿洞、鹅湖、东林、首善的桃李逢春而开
花瓣吐香，人和蜜蜂私语
讲“一门两主事，五里三解元”的往事

闲暇时，我翻看破旧的书页，双眼踏青
在书院的白墙上寻找当年的痕迹
书香陈旧，偶尔从门缝边溜出一段残香
抬头，那块“万世师表”的匾牌正端详我

心就嘀咕：康熙皇帝真有那么深入
偌大的疆土，马蹄跑出的风没有路长
谁的旨意？可令他屈尊
书案前提笔，为一处乡野书院题字

树下站着一群眼睛

那两棵大槐树
在村口长了 96 年
树皮和树根都知道

树下站着一群孩子
一群孩子就是一群眼睛
一群眼睛在等一个人

太阳在树叶上走了一天
他们等的人
也在太阳下走了一天

他们现在还看不到那个人
他们想
他一定很累
阳光在他的背后
脚板上有水泡
军用水壶空了

终于

一群眼睛里有了一个黑点
比蚂蚁挪得慢

一群眼睛开始兴奋
一群眼睛在乡路上奔跑
一群眼睛去扶那个走不动的人

他从城里来
他 70 岁
他叫江诗信

他很瘦
风都让他
怕把他撞倒

他背着一摞书
口袋里有捐资助学的钱
是从工资里挤出来的

山路不平
他一瘸一瘸的
身后的太阳在晃

想起《木兰辞》里的句子

把女儿妆卸了，花容去身世的背面
骑高头大马，从父亲翻旧的兵书里出来
跪地，叩首，用一滴泪辞别木兰山
从此追踪箭镞，铁蹄踏碎边关

大漠，残阳泣血，冷月安抚无数孤魂
一个英雄风干满眼的泪，命走刀锋
马革裹尸处，白骨无音，血吐出一片片的花

十年，交锋十八战，策勋十二传
时间谋杀了多少将士，一个女子
出生入死
守身如玉的鞘，拔出削铁如泥的剑
归来时，双龙镇还没有将军坊
村落老了，母亲的身影站成了树
飘飘白发被过往的人搁在心里，目光倒下的
地方
一对脚印睁着眼

有人把它读作痴

有人把它读成眺望

最近,跟随一次胡思乱想的梦去了
北魏时的人很好客,一个孩童带我去木兰湖
镜子般明亮的水边坐着花木兰,她信手采英
我就想起《木兰辞》里的句子
——当窗理云鬓,对镜贴花黄

黄花涝

如果李清照摆着船来，见一坡黄花比人瘦
这个地名也许还要美
可以写进比宋词婉约的丝绸

真遗憾！时间无法剪辑
马兰草和菖蒲把水织的裙子洗成石头
相思的目光拴不住心
浪花缠绕的府河远了
摆手的芦花明白，水也是告别的眼眸
渡口，一跃上岸的人是我。跟来一群
超现实主义的眼球
不知谁是过客，水匆匆地逃
黄花涝，油菜花漫山遍野地抖擞

岸线长长，稻香在汛期外走
给早春打过补丁的苦菜捧着毛茸茸的绣球
花瓣陪伴阳光，看蜜蜂考古
那棵不高的合欢在坡顶张望，替风摇头
我去水塘边，和一头汲水的牛交流
它眼神温暖，用舌头舔我的手

对视中,瞳仁洞开
我不知怎么进去了,见一架犁歪在田边
蹲下去看,没有灵感,只记住上面的铁锈

心就被什么蜇了,钻出个古怪的念头
我回来看看走了,他回来看看也走了
黄花涝如果没了追赶辫子的吆喝声
牛能不能拉着犁心无旁骛地在土地上走

热干面

离开久了,总念想热干面
它是武汉早晨醒来后的味道
那些挤在时间缝隙里赶路的人
早起
去熟悉的街巷和里份过早
找的就是那种百吃不厌的感觉
热干面味重,爽口,简单

过水的面,两勺麻酱,几粒葱和萝卜干
不排场,也不用推杯换盏
递出的手和一只接碗的手寒暄
当有滋有味儿的筷子搅动
扑鼻的芝麻香和顾客交头接耳
忙碌围着和紧张跑前跑后
一天的开头就生动起来
热干面和许多过日子的人
结下
不解之缘

面　窝

不像米和豆粒从磨里出来
浆自由落下，处于混沌状态
炸面窝是一个成型的过程
离婉约和诗意很远
油是韬光养晦的火，暗中较劲
面窝一旦成为金黄的句号
铸就和消亡共存，剩下无法让渡的零距离
饥肠辘辘的食客不再儒雅
牙齿勤快，让一个个"句号"名副其实
当咀嚼慢下来
触景生情的眼睛酝酿禅意
这是多生动的圆满啊！轮回诠释命运
启用一针见血的比喻
甘去低处，给你最后的圆
厚重，是自修的美德
拼命往高处挤，恰恰被贪婪搁浅
小自我的中心空空如也
露洞，是无法弥补的破绽

豆　皮

视觉和味觉在碟子里和平共处
浮面,搁一层人造的阳光
就像一亩地晾晒油菜花的金黄
没有鞭子吆喝,它的信誉走了百年
和老通城联在一起
就是一座城市的名片

坐下,我们拿起筷子
可以想象有位伟人也像这样坐过
坐在老百姓常坐的桌边
他只吃一盘豆皮,还想吃
没再要！因为那是困难年代

临走,他和厨工们照了相
表达谢意的微笑让大堂明亮
如今,老通城在休短假
豆皮在大街小巷自谋生活
它们一直铭记那份光荣
到哪里都不忘自己的出身
保留一团金灿灿的暖色

凝视一个目光向前的人

语音导致的擦肩，误会闪进胡同
就像王朝和亡朝不搭界
其实铜人像和同仁巷也没有关系
沿着过去和今天共用的步道前行
脑丘里蹦出的结论屈从眼睛
从形态看，三民路是民心凝结的集合地
人流匆匆，脚印否定从前的脚印
复制“日出而作日落而息”的过程
时间恪守隐士的冷，剑挑星斗
嘴角勾出上弦月，夜黑风高时
出手，哀鸿折翅，尸横遍野
流水的大江刷新一茬茬过客
辛亥年，一声枪响编入史册，一个致命的
弹洞，替历史睁开法眼
铁血精神分娩功败垂成的因果
从起义门到阳夏，十八星旗逆风
倒下的白骨埋葬帝制
血卧成花时，民国和前朝揖别
最后一个皇帝脱下颜面尽失的龙袍
先生从经天纬地的掌声里走来，风尘仆仆

那根手杖步履蹒跚,他却精神
让人感觉:一段历史被一个人站成丰碑
每次路过,我都会抬头凝视
凝视一个目光向前的人,他为什么说
革命尚未成功,同志仍需努力

樱花在笑(外二首)

武大的樱花开了,风到处发请柬
来的人多,把火车累得直喘
它也借风的嘴说:去坐飞机吧
在天上走真好,云彩就是路
不会堵
樱花听了就笑
笑得三月花枝招展
让美的地方聚满人气
来看樱花的人真多,把风挤得乱跑
树上的花激动,向树下的人点头
朋友说:樱花是不开口的号召者
借风一喊,大家就来了
不知是花看我们,还是我们看花
另一个说:挺好啊! 相会在春天里

让美丽的地方聚满人气

我喜欢这番话
风和日丽,大家赏花,挤一点

也是情趣
偌大的园子，如果一个人转
有雨飘下来。躲在花枝下
看风吹来吹去，借伞的机会都没有
心会苦，深有体会地说
其实孤独这家伙最怕孤独

改　变

在我眼里，樱花是一种植物
它的根相信土地
守到一定时节，就为美丽而开
把美交给向往的眼睛
现在看樱花的人越来越多
樱花站立的土地越来越美
我是其中一个脚印。我感觉
脚下的土积蓄了太多的能量
被它养活的
就会被它改变。抬眼
是真的！樱花更漂亮了

一滴汗给晴川阁奠基

行走江边,把自己切换成
寻根问祖的脚印
芦花般垂首,和赶来的浪花讨论
讨论大禹是否有过诗人的浪漫
用一滴汗给晴川阁奠基

资深的风似乎知道很多,每次来
喋喋不休
却没有归纳性结论
就像不停的江水一生都在求证
始终丈量不出时间的长度
只好放手！一如晴川阁的洒脱
额顶齐天,让两条江随心所欲地流
不挽留那轮月
它知道身外之物亦有秉性,不该贪恋
走了有何不好？看看远处
先前放弃的福祸又在悄悄牵手

要相信眼睛,睁开就可以垄断光明
黎明前的暗只是交替。很短

一束束光和一小片温暖都有自己的当年
它们熟悉余音绕梁的楚风汉韵
只要握锄的手还会篆刻江汉朝宗
晴川阁就是根
顶天立地的汉子就舍不得两江四岸

他们跟着岁月穿梭，可以找到
大禹踩出的每个脚印。捡起
当年摔碎的汗珠
用贴身而过的风擦亮
交给进化后的额头，手，脊梁

叩问铁门关

出铁门关，江水去哪里都是自由
不朝拜障碍
让流水、时间、风无所顾忌地经行
借一片雨洗涤尘埃
擦亮和玻璃暧昧的空气，等雨后天晴

允许叶片挽救自己，扔掉
迷离凄楚的哀鸣
把生命交给有冲动的漂流，去追
吟诗诵赋的长亭短亭

水和岸缠绵，留守的晴川阁等有缘人
月光照亮瞳仁，说远也近
会有鹤逃离传说，设计望穿秋水的回眸
流水悲切，吐一腔说不完的真情
血从铁门关的眼眶出世。扯断泪
替一柄琴哭，哭得裂肺撕心
就有柔肠寸断，把思念的弦绷紧
不管坐在一旁的是不是知音
高山流水，古琴台就是真实的背景

月出来，长江、汉江在南岸嘴商榷
船是路过，骑一轮明晃晃的眼睛
离之远，试问多嘴的浪花
如果龟山、蛇山还算楚国的门神
铁门关里的人，敢不敢走出城市客厅

没有回声，一只酥手去江面拨弦
有流水制造的颤音，结论多如星星

六渡桥

给想象一双眼，六渡桥就蹲在那里
四下环顾，一天一种慨叹

曾经红火的六百商场改嫁了
隔壁的民众乐园变着花样打扮自己
蔡林记、谈炎记有隐士风范，换装
一门心思出去旅游

佳丽广场、大连万达是新面孔
跟打桩机气喘吁吁地忙了一阵
把根扎下来
谁来了都当客，谁来了都堆出笑脸

太阳明晃晃的，人和影子一样多
横陈的中山大道是另一种河流
听时间流淌，听脚印流淌
还能追着车轮看速度流淌

四季循环往复，替六渡桥打理忙碌
把昨天、今天、明天连补成日子

清理旧家当,又添置新家当
时间总是好客,六渡桥有不散的流水席

柜台上是劳动的手,门面里有流汗的脸
闲时举目,四周来了不少新贵
对视天空的镜子才感觉自己老了
不说风韵犹存,去梦里做梦

看许宗璞召李白入赘的古戏
潜回现实,用文化包装自己
选良辰吉日,自己做主
还想尝试惊艳,再扔一次绣球

眼睛想为你的汗水落泪

最后一拍是定局，向世界宣告自信的微笑
我知道你会躺下，不是看天有多高
不是给奔跑的脚步寻找枕头
听洒下的汗水给长江、黄河增加了多大流量
还听东方的土地上，一群替你激动的心跳
他们的目光拴在屏幕上
他们喊着：李娜，好样的
当你站在国旗下，他们看到一种高度
你举起苏珊·郎格伦杯他们又看到一种高度
这时我的眼睛突然想为你的汗水落泪
它成就了你的第一次
你的第一次才把所有的零抹去
让举世沸腾
中国有了第一次
亚洲也有了第一次

白沙洲(外三首)

在飞机的翅膀上放飞眼睛
白沙洲像浮在江面的苇叶
有灵犀,切换出很多画面
端午夜,静影沉壁的月是浪花手里的粽子
苇叶上没有那个投水汨罗江的人
打盹时,诺亚方舟是行走于时间里的船
两岸有不长叶子的楼群,是另一种森林
现在太阳和云在我之上
我在白沙洲之上,突然有一种冥想
不管天地如何解释永恒,白沙洲
是铁打的营盘
我和飞机还有江水只是匆匆过客

流水洗出的玉佩

有人说你比盘龙城古老
是楚风汉韵遗落的一块胎记
用遐想去打量
你就是流水为一座城市洗出的玉佩

冬日里像翡
春风一绿，是一块含光吐华的翠

逆向行走的船

流水可以模拟时间
白沙洲就能运载天，是逆向行走的船
前方没有码头
守持的位子不肯向前
此生就跟两岸的城市同行
有风吹过，举手的芦花都是帆

知道寻衅的浪花不讲理
还是迎对，接纳滔滔不绝的进谏
分辨之后等待泾渭分明
更多时候，不偏不倚只是一厢情愿
来者都可商榷
身后的事让流水评说

简　单

偶尔去白沙洲，看卧在那里的牛
像一艘老船
用没有表情的目光邀请我。蹲下

洲头就有一幅画
各怀心思的思想者，相对无言

试着牵它走，去洲头
伙伴一样并立，看江水一分为二
转身，还是路
就把太阳交给它，驮着，去洲尾
看江水合二为一，让风吹动目光
去赶海

这时会思考人生，流水一般简单
不管走过多少路，不管走出多远
最后都将归一
和出家人所说的皈依同音

杨汉湖

一

水面成为记忆中的概念
楼群游过来,根扎得很深
马路边,杨汉湖把自己贴在路牌上
一个省亲的人目光专注
最终转成迷路的样子
谦卑地打听,一遍遍问路

二

如果几片水塘还能冒充天的镜子
四周的楼群就该去水里找自己的倒影
杨汉湖会从眼睛里游出来
四周的幕墙折射思考:如果还原
当年的生态应该是什么样子

三

来去无踪的风被摇摆的荷花暴露
水塘是一方缩影

杨汉湖就在短暂的梦里现形
告诉那些被楼房挤扁了的街道
当年的小家碧玉是什么身段
怎样搀着美
在窄窄的田埂上走

四

杨汉湖,一个让城里人做梦的名字
被好事者弄得徒有虚名
现在又被记忆编入另册
我怕再来一阵风
会把它吹丢

五

如果你被楼群挤压得天天失眠
就吞一片安眠药
去梦里信步,顺便买张门票
去杨汉湖,用清凉的水洗脸
爽会脱口而出
你要想一辈子,什么是
干净

百步亭(外二首)

说它是企业,不是
它有居民熟悉的社区书记和主任
上管天文地理,下管鸡毛蒜皮

说它是社区,不像
它比社区大,有十二万人口
有繁杂的公共事务管理

说它是街道办事处,不是
它没有与之对应的行政构架
主政者另有头衔:董事长、总经理

这算不算改革和竞争给定的模式
企业目标和社会责任叠加
让向往和谐和创造和谐的人走到一起

在这里,劳动的人就是创造财富的人
服务和被服务肢解了悬殊
同一片月光下,有一句话很动人
住进百步亭,温暖就住进心里

万家宴

这是我所见过的最大宴席
厨师的总量无法比及
菜肴的名称花样云集
赴宴的人是百家姓里的亲戚
他们衣食饱暖
来,就为了品尝一种气氛
让笑脸温暖彼此的心
就此结下无语的盟誓
一人为大家,大家为一人
我是一个走进热闹还想热闹的人
想去告诉吉尼斯大全
过小年时来百步亭转转
不用策划
手到擒来的世界第一

讲　解

去百步亭,用心观察
一棵柚子树就是讲解员
果子熟了,把枝条压弯
除了风去碰它

所有的手很自觉
这看似平常的细节就是语言
有悟性的人会懂
用眼睛去欣赏，它是共有景致
谁想独占
伸出的手会被道德砍断

户部巷

楔进时间的缝隙，留存为符号
许多年过去，风风雨雨
洗不去身份的痕迹
一个巷子进出，总有大户遗风

风吹旧了一切，市场经济时髦起来
户部巷才成为一个壳
没有集结号
各种小吃登陆，借壳上市
堂前燕跟了翅膀飞，寻常百姓留下
我喜欢带外地朋友去那过早
如数家珍地介绍
点一桌子小吃。很有面子，又便宜

席间谈文化，谈江南的女子和水
看一双双眼睛挑肥拣瘦
筷子都勤快，夹起一座城市
年轻的早晨

热是武汉的宝（外二首）

北方的热叫烤，太阳在皮肤上征战
躲到树荫下，就凉了
武汉的热叫蒸，四面“暑”歌
无处可躲
吸进的空气热，扇出的风热
窗外的空调主机也喊热

没空调那会，月亮照，蒲扇摇
竹床就在路边和楼顶排开
没了墙，没了帘子，没了距离和戒备
三邻五舍热乎乎的像一家人
谁和谁拌个嘴，大家替他红脸
有了空调之后，晚饭后
商店、酒吧、超市就人流如潮
有买东西的，有存心进来散步纳凉的
转着转着眼就热了

热消费

在某市，朋友提醒我
这里的女孩，看背影真好
转过身来，你会失望
不怪她们，怪太阳紫外线强了
气候宜人不养人

回武汉，再看咱们的姑娘
白白净净，清秀可人
其实太阳还是那颗太阳
只是武汉的水多，热到一定程度
水分子就上岸，在空中散步
武汉人就多了一种享受
不花钱，天天做面膜

看那么多女子如花似玉
就用辩证唯物主义的观点诠释
武汉的热很哲学
就感受看，不怡人
就结果看，很养人

自然桑拿

家里只有一部格力空调
不是节约，为了保健

我多次向外地朋友广告
最热时一定来武汉，做一次
透析式自然桑拿
方法是我独创

下班后，和空调说不
在水深火热的饭厅吃饭，给汗水自由
然后散步，用汗洗澡。回时捎个西瓜
切开，渴会替你张口
吃进的瓜和流出来的汗练习转换
是由内向外的发散

你会感觉所有的毒，所有的不快
都被精力充沛的汗水拐走
剩下干净、通透、轻松

这时拧开喷头，水落瀑布
醍醐灌顶就不是形容词
有些超凡脱俗
人和仙，合二为一

姑嫂树

风起云涌,楼群不像侵略者
以庞大的身躯向郊区移动
与水相依为命的荷花开始隐居
采菊东篱的人躲进诗句

一尾鱼从缸里跃起,窗外
那棵冠盖如伞的棠梨树不见了
树下站过的姑嫂原来年轻,摆摆手
去前朝省亲
城市真的气派,虚荣追一片浮华
把姑嫂树藏起来
像大款藏一只金丝雀

它好奇,偶尔从旧杂志里蹦出
羞怯怯样子,去敲人家耳膜
像敲一扇门

寻找汉口正街

真像那个骑驴找驴的人
在汉正街,以学究的痴寻根
找记忆中的汉口正街
路牌大方,很不谦虚地自我介绍
大夹街、宝庆街、永宁巷打出夺目的广告
铺面里,声嘶力竭的嗓子喊着
走过路过不要错过
买机会,买优惠,买实惠
两边的楼群不弓腰,目空一切
过道里偶尔抛出一堆旧家具
像汉口正街有过的经历
所以旧的去了,新的来了
向四围打量,满目熟悉,心却陌生
不经意,闯进一条胡同
墙边有湿湿青苔,上方一额旧匾
就想起:家有万贯,不抵汝瓷一片
顿时亲近,眼热
目光自觉地散开
想象中的石板路越走越远
像汉口正街三百年前的行人

走着走着

被时间模糊，看不见了

六大堆

老百姓叫惯了它的别名
铭文冰冷,卧于不甘寂寞的闹市
如楔子钉进城市记忆
给历史一个带血的切面

放大想象,六堆坟就是一行脚印
枪声,洞穿腐朽,铁血精神开花
苟延残喘的王朝倒成一片废墟

尽情联想,六堆坟也像思考中的省略号
敢为人先的勇士把命交给土地
累累白骨拷问生前身后的灵魂
一淌血红?还是一堆骨头白

沉默总比时间长
偶尔会有杜鹃停落墓顶,啼音泣血
声声唤
像在叫那些不肯醒来的名字

威尔纳·格里希

头发黑着黑着就白了
忘了许多事,还记得格里希
一个退休的德国老头,来武汉
当技术专家
写出八万字建言,进了纸篓,痛心疾首
就生出豹子胆
有了当厂长的野心
真的当了,石破天惊
应该算划时代的新闻
那时媒体很有城府,选择沉默
怕洋和尚水土不服,念歪了经
怕洋奴哲学这顶帽子飞过来
怕一个城市吃错药引发世界性过敏
这位智慧的质量先生出手不凡
仿效中国人的三板斧
用弯管子汉语说:不要马马虎虎
他以身作则,处理人绝不马虎
两年间,他发过几次火
是理念碰撞后的冲击波
后来他走了,回了德国

再后来他真的走了,去了天国
我偶尔在记忆中散步,心血来潮
就去汉正街工业园找他,是一尊铜像
依旧自信,一脸的严肃认真
银发藏进铜锈里,一丝不苟
凝视他,
就想起一个伟人说过的话
一个外国人不远万里来到中国
这是一种什么精神
血就冲动,我也想问
一座城市,一群敢为人先的人
让一个外国人不远万里来中国当厂长
这是一种什么精神

花楼街

不动手，时间把雕花木栏拆了
花楼街不是原来的样子
老凤祥、邹协和、顺香居只剩下名字
隐士一般，藏在老黄的书页里
记忆有脚，踩着石板路回去
有一只细白的手擦粉，风韵活在当年
多美的旗袍，把巷子走得摇摇摆摆
像前朝格格
她没孩子，一直没，就爱孩子
我开过她的柜门，里面有几件旗袍
比店里的好看
过节时穿，就是电影里的人
那时才知道婉约
真简单，就一步三叹，九曲回肠

后来她住的巷子拆了，牌坊也拆了
再去找，老眼昏花的影子扶不起她
隔壁老头说：孩子，你有良心
夜黑那阵，她是在阴暗的灯影下站过
可太阳出来前，她替咱的人送过信

一双有情的眼睛就回转来
像在看我,又像
看我身后的佳丽广场、大洋百货
她笑,笑得不肯离开时间
我很难懂,同样的眼睛
漆黑的夜里替苦命笑,哀感顽艳
亮了,跑进灿烂,抱着幸福哭

游归元寺偶得（外一首）

归元寺开门，夜踩着月光进去
翠微峰翘首，等太阳在晨曦中活来
两面菩萨一面解释慈一面解释悲
圆通阁里没有叫圆通的僧人

善男信女多如过江之鲫，求了方子
又数罗汉
寺内熙熙攘攘，不空为空

昌明大师仙游去了，留下佛心慧语
世间事莫用欲望求，尽是苦
路无尽头，此起彼伏
果有正果，非此即彼

想想还是王章甫高明，选了风水地
写诗，写出个喝茶的葵园
以茶养静，一片素心归元
坐出几间丛林禅房

拂去杂念，开悟真的好

明镜非镜,菩提无台
一个空字了却凡心。有无虚化
圆通得生

学会照应东西兼顾南北
眼里没了高低,世界是平的
此生懂得放弃,时间不再追命

就活在信与不信中,不求额外
皆归因果
妙音一定从耳外来,花开有音
南无阿弥陀佛

罗汉堂禅悟

门槛够高了,挡不住虔诚
就像关公摘不去财神的帽子
五百罗汉坐得真挤
神多,位置永远少
那么多脚踩进来,哪里还有净土
善男信女都揣着愿心,罗汉忙
数每个人的命运,只能编
编都编不过来
我替俗念点一炷香,云烟袅袅
想修出点禅静

打坐,守定没有欲望的蒲团
耳朵兀地开门
喧声闹语抢进来
望一眼照壁:有南无阿弥陀佛
忽然开悟
转身去拜弥勒,果然笑口常开
一派没有张弛的大度,哈哈
孰是孰非

月光下的蔡锷路

那块路牌一看见我
就亮明了小街的身份

今夜不同,月亮盯着我,我寻找
月光下的蔡锷路
撞个满怀,居然是蔡锷酒家
里面座无虚席。翻菜谱
筷子勤快,除了一声声酒令
夹不起半点当年的痕迹

半醉,跟一双脚出来
江风一吹,脑子醒了
地图上米粒大的一条街,其实挺大
蹲着几幢法式建筑
看没有倦意的长江随心所欲
一岸芦花不愁,白了头

粤汉码头居功自傲守在那里
很酷! 停靠过明朝、大清、民国
现在怡然自得,稳坐在祖国的怀抱里

消费今天,等着明天

我用拟人化的眼睛打量,等它启齿
想考证:蔡锷是否挽着小凤仙
从这里起坡
尽是摇头的人,没有一个
摇头的历史

只好折回酒家,和老板碰撞眼神
先探讨血缘,又一波三折地绕进股权
黄鹤楼酒瓶打了个嗝,侧过身
警惕地望着旁边的白云边

我突然感觉自己古怪
将军走时两手空空
一条感恩的小街,有没有资格
重复记忆一个名字

梅子山

一

月湖是上帝馈赠给汉阳的一首诗
梅子山就是睡在湖边的一首词
据岸边那些草回忆
李白、苏轼都在湖边走过
月亮照过的地方
可以捡起诗句
风来，树用叶子朗诵一遍
水来，涟漪用浪花朗诵一遍

二

横在月湖身边，用一根风
拨动湖面
不管水底的月亮开不开口
水声过来，就是知音

义薄云天，不需要高山作证
琴断口不会说谎
子期走后，伯牙摔碎的琴

梅子山用时间补
一条流水有韵的汉江续出那根弦
弹唱古今

古琴台有眼,两个作别的石人
依依不舍

新上任的区长有时陪着客人来
梅子山的树叶就学习鼓掌
然后如数家珍,讲一段
老掉牙的故事

问蹲在泉边的时间

无需厘清青龙白虎一段宿怨
要去，就骑上踏遍三国的马蹄
让春风得意，落草虎山

二十世纪了，江湖沦落网上
别具匠心的人一定想
卓刀泉是盗版，还是山寨版

不问上马庄近下马庄远
不问谁的偃月刀落下，义薄云天
问！就问问蹲在泉边的时间

干净了一辈子的水，白天
替太阳流汗
黑了，给月亮洗脸

哪里窜出的手，孔武独断
一枚枚硬币扔进去
看涟漪落魄，献出没有思想的怪圈

忧虑躲进梦。良心失眠
过五关斩六将的关羽过来
声声抱怨

看他顶戴武财神的桂冠
就想起温酒斩华雄时一柄快刀
想起角子机吐硬币羞答答的悬念

魂从梦深处翻身下马，掬水
水影里晃出偃月刀
锋利无比
锈迹斑斑

九女墩

一

没有神的邀请,风跟过来
九女墩上一只白鹭是不是她们的化身

飞走了
被太阳反复熨烫的湖面
剩下一片
静

一个涟漪,又一个涟漪
是她们投水时
湖的心跳

二

浪花一样挽着手,走向深处
水是她们当年的表情

也许相信自己是水做的
不舍一份干净

十八只眼睛选择了义无反顾

赴死是不屈的
没有可怜兮兮地回头

几百年后，有了九女墩
才明白：灵魂死了！可以站着

站着
气节就不会弯腰

我可以听见时间说话

饥肠辘辘的眼睛把草木数一遍
又把流淌着时间的府河巡视一遍

如果这一脉流水丈量过历史
一道堤,二十公里的长度
在中国版图上
只是一个不起眼的破折号

让一只蚂蚁裁定,它不是长城
让一群牛羊打量,它不是黄土高坡
让一位哲人审视,它不是高屋建瓴的伏笔
可它横卧就是一座城市的底气
恶魔般肆虐的洪水撞上南墙
身板单薄的苇丛腰硬着
一方水土有了守护神

那时心系民生这个词比较陌生
民心工程、放心工程还不流行
一个人的名字却被一道堤大写
成为不胫而走的口碑

我心里就藏有一个问号
书里翻到张公堤
在一块路牌上碰见张公堤
听老百姓感恩戴德地谈论张公堤
才知道民心向背这四个字多重

有时我可以听见时间说话
有的人住在人心里
他在,他的名字在
他不在,他的名字还在

大余湾睁着眼

一

用目光触摸
大余湾和清明上河图都是画卷

用生命去感知
一个丢失真身,纸上尺幅
一个老态龙钟,保留明、清打扮
拄着时间的拐杖蹒跚

一往情深
迎送来来往往的游人

二

天空和土地都在,太阳、月亮
轮流值守
经不起折磨的村落
面目全非

大余湾还是明、清年间做派

只是老了,习惯蹲着
像那盘磨

我去,会蹲在磨旁
指望它开口说话,想知道
什么能量
让大余湾躲过时间摧残
弥足珍贵的建筑符号留给
今天

老宅推开门窗,里面的眼睛盯我
眼神里
一种能量,把哲学洞穿

三

大余湾建了好些年,认一个理
做事可以只争朝夕,不能急功近利

大余湾睁着眼,从明、清看到今天
岁月这个杀手对文化网开一面

大余湾膜拜行为艺术,不开口
美学让游人去感悟

大余湾忧心忡忡那些雨后春笋的建筑
时间的王国,垃圾守不住地盘

诗人把自己忘了

我知道风很辛苦,一把雕刀
反复修改
那尊塑像还是艺术家的作品
和每个大脑模拟的李白相去甚远

一双托举的手我认可
是一种大度,表达放飞的姿势
让人想到:华贵的纵容
给翅膀好大一片天空

那种心境下,诗人肯定有灵性
想象力比翅膀拔得高
在云彩的马背上
翱翔千里
可当时并没有放鹰台
湖水冒充雨,把坡上的草洗绿
花一夜开透,围着诗仙吐香
九千九百九十九种颜色恣意妄为
和一只蝴蝶眉来眼去

当时浪花正和唐朝的月亮恋爱
用星星的眼睛阅读对方
许久沉默
许久守望
相对无语就是诗

那只鹰也在天空写诗,写给云
终了去了天国
玉树临风的诗人却把自己忘了
忘在很多人的心坎上

易守难攻的城门

握满一把茧的手扣动扳机
一声枪响
十八星旗像一个破世的弹洞

历史的胸膛不现血
顶戴花翎纷纷落地
揭竿而起的手扯去霸占天空的青龙旗
最后一个王朝轰然倒下

起义门
送走黑夜的月亮和象征光明的太阳
在黎明中交接
亘古的眼睛里
历史咬着牙,废黜曾经的腐朽

胜利后,那门宣告终结的火炮
蹲在易守难攻的城门上
比自己沉重,它在沉思
如何守卫

不凡的龟山（外二首）

读毛主席的词知道了龟山
跟着眼睛来武汉
才知道它卧在北岸，一往情深
望着蛇山
电视塔站着，比它高
是亚洲的桅杆
后来山顶上有了计谋殿
空城计至今没有唱完
再后来山那头又有了一座景观
里边藏了一幅画卷
所以修得坚固，远看
像一个固若金汤的磨盘

出身不凡

跟着鼠标去网上游览
如鳌若鼋的龟山隐于字里行间
翻家谱，出身不凡
曾用名：大别山、翼际山、鲁山

有几个替身
隐于枣庄、信阳、宁阳、宣汉
有过辉煌的历史
和大禹共事，降服水怪，化灵为山
从此活在故事里
听长江汉水讲经
看太阳月亮去月湖听琴
对着莲花湖照镜子
撩起水花
给早来晚去的白天黑夜
洗脸

历史的眼皮下

鄂王庙、关王庙、罗汉寺留不住时间
楚波亭、朝宗亭就拴不住来去无踪的风
朝拜的脚印累死在终点
禹王宫空空，桃花夫人洞空空
关羽遗忘的洗马洞，一扇门
是瞻前顾后的屏风，镂刻
踏雪如飞的马蹄声
南岸嘴，浪花和浪花会师
江鸥被翅膀拔向半空
历史的眼皮下
右边一条长江，左边一条汉江

大智若愚的石头在山顶,高瞻远瞩
龟山无语,席地而坐的草
向古往今来摆手

出神入化的涅槃

云彩之下
借一条江写意，蛇山就显得潦草
我曾怀疑它来自遗传
三国鼎立，草船借箭的烽火潦草
风吹水阔，夹江两岸芦花潦草
浮云飘过，八极楼、白云楼飞檐翘角潦草
诗性陡发，崔颢提笔泼墨的字迹潦草
玉山倾倒，李白醉卧吟风的胡须潦草
莺啼五月，雨打花瓣不可收拾的落红潦草
让天地无奈
云好勤快，一次次把天空刷白
又让风吹乱
任性的蛇山依然放任
一条江自由自在，山脚下流
一群鹤乐不思蜀，再没回来
一片湖顾影自怜，给自己洗脸
一地芳草摇花乱影，把鹦鹉洲丢在前朝
一座金瓦牌坊顶戴太阳，给雪开光
一个督鄂十年的人看不起钱，抱冰而去
一批熬血写字的墨客白着头，追不上灵感

好在有前仆后继的大火，楼没了
蛇山才经历了出神入化的凤凰涅槃
曾用名黄鹄山，别名紫竹岭
不知何因改称江夏山
摇身一变又叫黄鹤山
黄鹤山一天天进化，更名石城山
石城山以静养年，修名长寿山
长寿山落俗，易名金华山
金华山打坐长修，得名灵山
灵山迎放翁到此一游，赐名蛇山
蛇山透迤，至今仍在苦思冥想
大江东去，龟山无言
喋喋不休的浪花从未停止劝说
那一岸有晴川阁，这一岸有黄鹤楼
眼神一直专注
让我想起李白的诗句
相看两不厌，唯有敬亭山
今天把它交给长江汉水，用诵经的声音去读
白天，给太阳听
晚上，给月亮听
我的心不哭，落泪

中山舰

一

幸好记忆没有沉没
大浪淘沙的江水把时间淘洗了四十九年
一次钩沉式打捞
让承载过一段历史的战舰
浮出水面
舰尾,两个铜字锈迹斑斑
和天空重逢
厚重的表情欲言又止
擦亮
许多陌生的眼

二

战舰沉没时,他们没想过
会站得这么高
在牛头山顶,看一条大江滚滚东去
起先我不信,二十五根石柱
能站成生命的化身
当中山舰出水,又一次献身

大写挺身向前的铁血精神
我看到对面山顶,人的骨架顶天立地
这才明白一个民族该如何强大
人不怕死去
只要气节站着
就能与天齐高

三

一个广东人在广州蒙难,登上
清政府向日本购买的战舰
本身就是戏剧性嬗变

一艘战舰和人一样,不论出身
超越自我,可以修成大域无疆的神

一艘战舰因一个伟人,改写命运
也会被命运改写

一艘战舰像一个英雄,为捍卫牺牲
也可以被捍卫牺牲

一艘战舰能够死而后生,骨架不朽
一定和民族的气血一脉相通

一艘战舰经历过沉没,又选择沉默
时间就是大智若愚的耳膜

听一条大江滔滔
不问评说

梁子湖(外一首)

第一次站在湖边,就想
湖北上空的云彩情感真丰沛
多少幸福和喜悦会师
夺眶而出的泪
才凝成水天一色的
梁子湖

娘子湖

地陷的痛楚输给了时间
传说还在,高唐县沉没
娘子湖的称谓共一片水诞生
千年过去,湖面
泛着与思考相似的涟漪
似乎在问:一个村姑
靠什么感知地陷的征兆
浪花长期讨论,没有答案
直到孟红玉的塑像高于水岸
厚重的基座等同于口碑

我才明白,预知灾难的人肯把自己丢在最后
品格的重量就超越一切
这时答案不重要
重要的是活下来的人不能健忘
感恩的心活在民间
报答就流行一种美德
想到这里一个念头开始作祟
为梁子湖写首诗吧
诗名就叫《娘子湖》
不仅好听
还替干净的水唤醒
清澈的记忆

哦,长江

一

太阳亲吻雪山的地方,是生你养你的地方
当一种情愫穿越了比氧气稀薄的云层
古道热肠的风借来大典的婚纱
把漫天的雪花推进阳光搭盖的洞房
初夜之手,轻轻揭去一页经卷的盖头
每天相同的温暖多了一份慈祥
举着冶炼了亿万年的光芒
为你和冰清玉洁的母亲梳妆
那是一个凝结了银装素裹的季节
没有一条路的天空走来一群飞鸟
没有一家花店的冰山开满雪莲
没有一个人的冰川请来一行做客脚印
我看见太阳的目光浪漫着
酮体丰满的雪山不再害羞
每个部落都挺拔着乳房的骄傲
丰足的奶水织进带有野性的呼号

二

在一个金风约会玉露的早晨
你把漫天雪花丢在风雕雪砌的床上
蠕动的童心捧着雪花的憧憬上路
开始编织属于成长的欲望
一道顽皮的目光骑着白云放牧蓝天
把沼泽的襁褓读成草原风光
一种透明的纯洁结束写真时期的赤裸
把湿地的尿片收作故乡的馆藏
蹒跚的脚印已经丢在爱哭的沙滩
青春的豪迈发育成笔直的河床
淌一行晶莹的清泪
去跪拜爬满皱纹的黄土
成长的童年在颠沛的流离中成熟
幼稚的冲动从婉约走向豪放
走成一条再不回头的汉子
走成一种排山倒海的力量

三

在岁月为日子开凿的河道里
有一首颂歌在天堂的脚下庄严流淌
淌着太阳挥洒汗水反射的骄傲
淌着雪山为生灵万物挤出的乳浆
当涌动的激情漫过卵石的额头

沉思的脚步走上牢靠的岸
迎着扑面的风,一个弯下的影子伸出手
在惊醒中捡起灵感独到眼光
一堆浪花,把他和想象托举到诗人的高度
听唐古拉山托付给浪花的一声声叮咛
欣赏波涛从可可西里捎来的粗犷和奔放
回味藏巴汉子掬起你时那种深情的凝视
直觉的评判说,你已把自己修炼成不朽的
大禹,掠夺了藏羚羊奔跑的速度
把生生不息的追求写进流动的水声
交给自然万物生生不息的渴望

四

水声拍醒每一颗做梦的种子,淹没了
天穹下笼盖四野的荒凉,水声收编了
马背上弥漫的风沙和走石
看红柳在戈壁编织绿色的城墙
水声捡回篆刻在岩石中的绳索,
让丢失了纤夫的脚印长成十里花香
水声踩着情侣的脚步踏青,相思的树叶
向失恋的山冈放飞痴情的翅膀
水声串起汗水把秋天的疲劳摔碎
靠在渠边,和歇午的农人闲聊
看最后一棵顶戴花翎的高粱倒下
看收获的喜悦走进大腹便便的粮仓

五

通天河畔,澎湃着
飞流直下三千尺的夸张,每朵浪花衔着
灵感,把风吹草低见牛羊的诗句
铺写在草原为牧民创刊的诗集里
当粗糙的手翻完一天的时间,把诗的回味
和黄昏一起扔进燃烧太阳的灶膛
你起伏的思绪开始翻阅两岸的清风
在月的灯下,苦读写满星星的天空
静谧中,激情咀嚼了意识
牵着可以横绝峨眉巅的创意
和李白一起走向燕子矶
去剪贴那份属于青城山的秀灵和幽静
直到追忆的脚步走完已经衰老的栈道
转身向蜀道告别时,才发现
已经死了却永远活着的李冰父子
早已把都江堰捐给陌生的后人
你突然醒来
勇气为好奇推开夔门
闯进
自然为人类修建的艺术长廊
在满山红叶的簇拥下,把秀丽交给
很年轻的开放,将天工物化的奇观
悬挂在峡谷为生活耸立的峭壁
让三峡解读一个民族赠给全世界的风光

从此,崇拜你的女神不走了
固执守着巫峡,痴情站成一尊石像
风古板地重复那首不老的歌谣
哦,长江

六

在大自然开阔的厂区,走着一条
没有结尾的生产线,当水的思考
把创意的流程演绎成构想
两岸就漂洗出属于季节的颜色
印染着春夏秋冬的日子不再失眠
挤满丰收的田野长出抖擞的精神
这时,一种认真潜入沉重的江底
执着磨洗每一颗调皮的沙粒
当理想的种子在筛选中定型
团结的意志武装起沙的集团
与水泥和钢筋编组后
前仆后继地走向每个工地
海吃海喝的搅拌机任劳任怨
把一个个规划的模型放大成写真
世界和我们共同的眼睛里
又一道大坝改写了天际线
从未歇脚的江水啊
在高峡怀抱的平湖里打了一个盹
醒后的爆发力踏响水轮,踩着辐射的能量
在故乡的夜里流行起很抒情的星星点灯

此时,
重归的黄鹤楼已找不到自己的往昔
龟蛇眼里
熬了千载的油灯悄然退役
汉阳树下
乘凉的竹床已随秋水东逝
古琴台上
侍守伯牙钟子期的传说开始点播摇滚乐
浣衣女试图用泪水缝合的江面上
正站起一座座造型各异的大桥
那块很小很小的捣衣石被你滋养后
发育成可以停泊世界的码头
好像是一个瞬间
厚重的黄土地
站起一座座发育良好的城市
抽象着标志现代化的鳞次栉比

七

当逃跑的沙漠把最初的驼铃交给锈蚀
当考古者把丢失水囊的通道变成文物
你挤出太窄太窄的巴蜀古巷
苦追繁忙身后的繁荣,淌成一条会走的
丝绸之路,跋涉着骆驼从未跋涉的里程
用踩江的号子
拉响汽笛
以苦行的身躯驮起苦行的船舶

船上,坐着将要跨越国界的旅游
坐着挤满集装箱的物流
坐着游弋中长大的家园
坐着好大的世界和沉甸甸的祖国
送行的村落蹲在依依不舍的目光里
留守的闸口和江堤为生命的远行投保
热情的码头是小憩的客栈
忙碌的港口是目标的起点
你走进入海口,迎着第一排海浪
剪彩从太平洋吹来的海风。海面
所有的航线都是丝绸之路
世界向你热情地招手

八

走回历史的最上游,才知道
你与古老的黄河同龄。也许
保护意识在昏睡中沉湎得太久
超载的黄河在哮喘中病倒了
乏困的喘息折磨着两岸
也折磨着自己志在千里的抱负
从天地的眼角里
淌出一行不甘雌伏的热泪
我想喊:从黄河的丢失中捡起警醒吧
不要重蹈英雄的英雄气短
因为你驮着生命的方舟
你还要养育怀抱未来的明天

可追随的目光走进你忍辱负重的脚步
心情就变得和土地一般沉重,我看到
奉献的使命在这里承受无辜
我听到痛苦的呻吟在这里变得嘶哑
被置问的罪过依旧麻木
向江中倾倒的垃圾还在强奸纯净
未经处理的污水没有愧疚
带着病毒钻进已经发炎的血管
野蛮开采的山体肆虐可怕的黄疸
过度捕捞的时节
透支着鱼虾躲进经期迟钝的繁衍
瘦身的湖泊,正把你挤出最后的驿站
在一步三回首的无奈里
喝你乳汁长大的山峦提前谢顶
瞌睡的树叶撑着耳朵
期待树根吃奶的声音
乏力的小草在舌尖儿上回味
露珠特有的那种甘甜
只有悠闲的风无忧无虑
不合时宜地哼着我家住在黄土高坡

九

我被情绪的激动吵醒
划着无法平静的波涛去打捞思考
当滔滔不休的争论被淤泥搁浅
干渴的城市和人群有了和庄稼一样的吆喝

把长江定为世界级文物吧
不要让年轻的雨点从生命的天空失踪
看历史的瞳仁永远风干着没有柔情的
绝望
不要让鲜活的鱼虫在干枯的河床上睡成化石
看废弃的缆绳串着丢失的号子晒最后的鱼干
不要让传宗的后裔在失血的胎盘中夭折
看干瘪的脐带把生命之精彩单调成一种消失
用法律武装责任捍卫长江吧
还给她原生的形态
让重新水灵的眼睛睁开期冀
走进盛开着旅游和生命的季节
随蜜蜂去田野采访
看鸟儿在天空舞蹈
请柳枝为月光剪影
教瀑布给山崖冲澡
让枕着植被的绿色和土地一起呼吸
让扭开喷淋的雨季帮庄稼一起抽条
让踩着喷泉的舞步和灯光一起摇曳
让不断拔节的大楼和城市一块长高
有你才有地球的脉搏
有你才有生命的源泉
有你才有万物的灵性
有你才有人类的明天
哦,乘坐颂歌的长江还在目光的行程里
把奔流到海不复回的壮志写进日月

一群弄潮的人正在浪尖儿上起伏
踏着今天的激情抒写走向未来的新诗

碑（外一首）

一把忽视了刻度的尺子
立在天地之间
让人想起施洋、林祥谦大义凛然的身躯
他们面对枪口的从容，是一种强调
生命可以倒下
灵魂要站立
替一个民族
丈量人的骨格和气节

旧　址

杜鹃飞过，会有啼血声
如果风雨回潮
刀光般寒冷的梦里能听见血滴咳嗽

那时头道街破破烂烂
河南棚子挤满贫穷
京汉铁路承载整个民族的沉重

那时一座平房与革命擦肩
要用汗水和血滴砸碎腐朽的志士们
在这里讨论，怎样把贫穷
转换为引爆的能量

1923 年 2 月 3 日，油灯挑亮四壁
陈潭秋、林育南、项英……陆续进来
忙碌陪伴紧张
灯影抱恨，没把义无反顾的身影
刻在墙上

1923 年 2 月 4 日，林祥谦在这里下达命令
汽笛拉响。京汉铁路全线罢工
江岸告诉全世界无产者，团结
就是力量

1923 年 2 月 7 日，谈判的一方磨刀霍霍
子弹睁开血腥的眼睛
工人代表选择了大义凛然
宁为真理倒下，不向邪恶低头

现在是 2012 年 7 月 2 日，我来到旧址
四周是鳞次栉比的楼群
路上匆匆，人流、车流
平房越发不起眼，很另类地站着
我也站着
脑子里风起云涌，浮想联翩

听浪花惊心动魄的喊声
——给淇淇的十周年祭

淇淇离开了水
只是一具灵魂出窍的标本

十年,很长的路
一条大江游离体外
它眼里还残留一片湖,湛蓝
让我想到人类最后一滴泪

大江东去,逝者如斯
我不知它是不是江里最后一头白鳍豚
跳于眼前的文字,催人心悲

我的父亲
看见过一百头白鳍豚
我
仅仅见过十头白鳍豚
我的女儿
只看见过一头白鳍豚的标本

不知为什么，走在江边心就有耳
能听到浪花惊心动魄的喊声

偶尔，跃起一头江豚
悲悯心助我，不管多远
都能看见它绝望的眼神
那一刻，同情放大
泪潸然，打湿一条大江

鲩子湖

一

不问鱼是否在水下祈祷
菖蒲花开,鲩子湖就拈出一支支高香
双子塔像两位高僧,水里打坐
四周的楼群洗耳恭听

高处,不现青烟
太阳是被早上点燃的

二

湖心岛是鲩子湖的客厅
新鲜的空气好客,接待晨练的人
风勤如主妇,在水面上忙
来回打扫

三只野鸭突然降临,环顾左右
在水上找路

似乎从岸上瞅见熟悉的身影

开始放松，旁若无人地戏水
偶尔，双翅抖动涟漪，一副
当家做主的表情

三

夜幕里，见月亮跳进鲩子湖
是直感

月光下，看月亮在湖里洗澡
是灵感
水影里，赊一牙月酒香里行船
那是诗人

槐　山

你想看看和李白擦肩的两棵树吗
那就来槐山
银杏活着,还在替天开花
扇形的叶片剪出秋天
是诗人来不及题写的扇面

你想看看临水挥别的一段明代驳岸吗
那就来槐山
古渡依依,拴一条大江的灵感
流水给两岸写诗
风流着一亩一亩的庄稼
你想看看达摩一苇渡江留下的舟吗
那就来槐山
江心洲不沉,根是另类的锚
流水天天相劝
槐山吟着李白的诗句:相看两不厌
你想看看隐居江底的那艘沉船吗
那就来槐山
江水脉脉,给潜伏在深处的时间盖棺
出水就是定论
给一段封存的历史开光

后官湖不是候官湖

一

想给眼睛安排一份纯洁
就来后官湖,不恋爱
想让纯洁陪伴不老的童真
就来后官湖,看水摇船
你大方一点
给浪花一个冰清玉洁的春天
鱼就幸福
能看见羞答答的荷花
自然分娩

二

不知道岸是不是湖的眼线
涟漪总把眉描得很远
不知荷花为谁祈祷
太阳是一豆火,没有青烟
黄昏替夕阳掀了盖头,去夜的闺房
窗是打开的,一棵树与天比高
吐出没名没姓的星星

月光一尘不染，让水走
荷叶上打坐的青蛙累了
月沉去水底
像光盘

三

我不知是不是入梦
集贤村里，油灯熬出豆火
举着老掉牙的记忆
墙，空白
无法复制那些秀才熬心苦读的影子

升官渡外，两头都是路
没留住马蹄
金榜题名的人，每个脚印春风得意
心还是累，行囊般沉重
后官湖边，一个掬水洗脸的秀才说
湖名多励志，苦读后去做官
新拔的进士指指路牌
宦海有欲无边，书山处处是路
去天子山
就绕不过候官湖
我在末尾的话里醒了
揉揉眼：不对啊
后官湖怎么成了候官湖

吴家山（外一首）

东西湖最大的盆景
搁在没有门窗的客厅
有时风吹来灵感的种子
踩着想象力走路的诗人
猛然举目
一惊
天在云层上
好大一个屋顶

天是你的喷淋

来来往往，数不清有多少客人
礼貌地迎送
没有问过他们的姓名

冬寒日，风撕扯雪缝的被子
你头顶飘飞的枯叶，很有诗意
像秋天手里挣扎的风筝

入夏时,行人一身汗
你用什么说服草木,吹动叶片
送出一阵阵凉风

你是野生野长的
岁月老,弄不清你的年龄
没去商场买过服饰
也没花钱雇园丁
云过来,一场雨,是天给你的喷淋

这时你兴奋,抖着湿淋淋的衣裳喊
再大些
把我洗得干干净净

石榴红村(外二首)

住在石榴红村,男人
就有女人缘

得空去堤边走走
能看见水洗出自己的身段
给天的镜子扭腰

风从不拿梳子
吹着口哨
替汉江梳一根又粗又长的辫子

兜　售

修达摩功,坐于一片苇叶
借月光掰开石榴
眼睛逃不出五月的红

等鱼咬够了浪花
去下游看楼房的倒挂的灯影

我吐着石榴籽
在流水有韵的汉江数星星

梦跟着萤火虫来
长满茧的手，自动裂开的石榴
美女还没登场，眼花了

甜甜的石榴籽真萌
嗓子脆亮
一会兜售星星
一会兜售钻石

时间骑着一匹马

在水泥森林呆腻的城里人
我请客，你来石榴红村
水杉列队迎你，田野有多大
你的客厅就有多大
空气免费
阳光免费
去树林听一天蝉鸣也免费
要想安静
就拎着鱼篓走，用耐心钓一口塘
也许你刚刚扯起鱼竿
太阳就落到屋顶

这时你有没有感觉
在石榴红村，时间骑着一匹马
走得真快

泥人王(外三首)

他是土地的儿子
攥着泥的命,捏出人间百态
把泡桐镇放大
让稻王村从一条小路走出
让脚下的土活得比自己有神
不动脚,进了店铺、集市
进了城里人的书房、客厅
他用手捏
捏出太多的人物
末了
把自己捏成一堆土
艺术站在上面

泥　土

信不信由你
几辈子的泥人王都用泥照相
我拜过武当的神像白马寺的佛
数了归元寺的五百罗汉

天目未开
还是见了真身
是莲花宝座的基
稻王村的人一拜再拜
我叫它泥土

神　奇

泥土里沉睡了许多东西
他从事一种唤醒
捏活土地的命门
等着出世的太多
稻王村挤了，泡桐镇住不下
有人请进铺面，有人供进客厅
他捏累了
望着一案泥人出神
搓手，若有所思地想
是这双手神奇
还是脚下这片泥土神奇

干　净

让泥脱胎换骨
先用柳溪水洗净灵魂

屋檐下捏泥人的人
眼睛干净
心干净
捏出的泥人不说话
只想做泥人

武汉关随想

一

不去想过往的事
不喜不悲

是不是僧人敲钟不重要
两条江用命流淌
时间就在一方水土上写意
不舍昼夜

我已经习惯于等
等黎明
然后替它叫醒这座城市

看太阳东升,一团光
模拟时间
古老的心跳

二

坐于水岸
两条江还被时间流放

钟声，惊动一群鸽子
飞去，飞回
翅膀下的风天高云淡
洗净无色的泪

时间不再是绳子
浪花驮着屈辱，颠沛流离

可以更远
一江水浩浩，不回头

三

最近喜欢设想
想那个叫景明的英国设计师活着

我扶他去江滩散步
他看芦花白头
我看他头顶飞雪
转身，指着视线里的武汉关
评价杰作

他淡然一笑
时间才是大师
一切都是它的杰作

临楚河看汉街

来往的脚印碾落为尘
不问泥土,就知道什么是厚重

前朝的田亩,承载过很多标识
楚河今天诞生
是怀旧的名字
模糊了创新和模拟的界限

汉街坐于流水的营盘
眼神妩媚,一波一波
放眼世界

风花雪月嫌红尘累
在暧昧的黄昏里挥别岸线
维纳斯活了,漂洋过海
冒充横行江湖的一盏水滴
卧于南国荷叶
天天失眠

灯影摇落一河星星,钻石般

闪烁
月,用光打捞自己的替身
一次次落空

夜,在忙
桥,在忙
窗口的剪影在忙
不会走路的浪花左顾右盼
也挺忙

只有风闲着,若无其事吹响口哨
看一群鱼
缝补沙湖的裙摆

前仆后继的目光挤过来
火辣辣的
好像发现了什么

诗人眼里陈伯华(外二首)

我去医院看她,近九十的人
依旧把白发梳得一丝不苟
艰难地笑
是一种语言
好像在说:我还好,我还好

我的心,陡生酸楚
感觉时间残酷
是最无情的化妆师

仅仅三十年后
眼前的她,很难和照片对应
她为艺术而老
当年的青丝吐成白发
白得纤尘不染,诉说风华

离开时,我忽然想时间其实是诗人
一声不吟,让人唏嘘
岁月不老
人

为什么老了

巅　峰

我不问《宇宙锋》是不是她
艺术的巅峰

一出戏唱活了
艺术就住进人心
像根，有了生养的土地

时间驮着岁月走，路远
她用一根命拴住汉剧

现在无论谁唱这出戏
喝彩的身段青出于蓝
台上，那个行云流水的人儿
骨头深处，不变
还是陈伯华的影子

平　静

不可能再上台了
她更爱可以照亮人生的舞台

就坐轮椅来
一招一式点拨弟子
急时,眼里伸出殷切的手

被人服侍的高龄
还想扶持别人
我看出,她已心力不济

习惯性抬手,想做个姿势
手,不遂愿
只能垂下,一脸平静

我心抖,想自己也会老
有一种苦咸出来,虫子般
咬我的心

顶　碗

看她顶碗的艺术照
灵感会孤光独照,锁定
一个惊讶世界的画面

站起来的国度
一个孜孜以求的女子
用多少汗珠奖励过自己
才用双手撑住人类唯一的地球
跋涉艰辛的脚向上
把一枚瓷碗
举过世界的头顶

我脑海里跳出一个伟人的诗句
天翻地覆慨而慷

突然想:温饱不是问题了
是否可以改动一句话

民以“艺术”为天

活着欢（外二首）

看一眼标题
你就能喊出他的名字
他布施快乐，用嘴聊了半个世纪
是一座城市的福利
他出现的场合
让人体味：
插手万言，口若悬河
他严肃，有人笑；他笑，有人严肃
“活着欢”可以是一个称谓
也是扔下悲苦
拥抱欢快的一种心境
所以他智慧地聊
把自己聊成一个老头
把很多年轻的心聊出智慧
又把很多老了的人
聊得
年轻

读

他为艺术活
把生活当养命的儿子
把评书当亲生的儿子
近于痴,苦苦修炼
结果自己就成了艺术的儿子
我读过他的小说
——养命的儿子
读到夜深
有一幅画
一盏灯,一副高度近视的眼镜
一个伏案笔耕的人
用血熬心
把夜读成黎明

收 藏

鼻梁上高度近视的眼镜
被仰慕者的眼睛收藏
爽朗如水的笑声
被坐在剧场里的耳朵收藏
抖开的一个个包袱会挠痒痒

被咧开嘴的快乐收藏
点墨成趣的书法
被没有桂冠的慧眼收藏

制造笑声的人

他是制造笑声的人
用知识放大相声艺术
经常让快乐挤满一座城市
挤进苦和累背靠背的场所
挤进泪浸泡过的心

他走了多年以后
我的梦总是离经叛道
熟悉的微笑好像被那个世界隐藏
无血色的灯光,忧心忡忡的吊瓶
一张蜡黄的脸
一只抖得握不住笔的手
案头
稿纸惨白
每个字吐血,触目惊心

我想,病床边如果是盏油灯
不管有无病痛
用命透支
长夜会被时间熬白

灯也就走完了路

感觉是耗尽了,无怨无悔
所以我代表这座城市为他写诗

不是为艺术而生的人
舍不得为艺术死
不肯为艺术死
就无法忍着痛,用心点灯,熬血写字
让艺术照亮那么多笑脸

他还是浮现出来
不作自我介绍,都知道他叫夏雨田

记忆的空间很大,人瘦得羸弱
想笑,没有力气
我的心忽有一处处软肋
控不住手
键盘上敲出八个字
熬血为花,用心点灯

宝通禅寺

一

超度,是一个顿悟的化身
善庆和尚远游去了
禅寺寂静
一座塔不思进取,终年打坐
打发
生前身后那些不起眼的琐事
红菜薹亮出金灿灿的花
日子平淡得只剩下禅香缭绕
还有,比时间具体的
日升月落
我坐在风吹不动的树叶上
放纵意念,用心盘点自己
好坏如风过耳,无休止的讨价还价
唯有骨头不打折
比塔低
比自己的影子高

二

相忘江湖是有些悲凉
让孤独，持守禅静
老了，一颗雄心还在
在太阳、月亮的观照下拔白超俗
不管佛足是否记得慈忍大师
站着，就寸心对天
善念举案齐眉，祈祷声不绝于耳
当四周的红菜薹摇响花铃
我用诗颂你，七尺风骨向天作揖
请太阳出山
为你加冕
重塑金身

洞　开

喧嚣落定
只剩一座塔解说风骨
山门次第洞开
我把心系于风铃
寻仙访道，用一文不值的诗讲禅
不求大彻大悟，只修一念禅觉
真的
有时祖国越富，自己越穷
寺院才能守住一方净土
所以不拒
让走投无路的人进来
位高权重也好、富甲一方也好
都是浮云，其实最怕
得意时只会用权，富得只剩下钱了
好在心系慈悲
三炷香对天
诵经声不绝于耳
告诉匍匐的香客
心叩拜，人要站立
一旦骨格摧折

膝下黄金

皆为粪土

青　砖

那时孟姜女的故事刚刚流传
那时陆羽还没去虎跑泉
我就在马背上
见过你
一直以为你是长城上的一块砖
后来我在羊楼洞吟诵燕山雪花大如席
看你吐出第一片芽叶
劫走了一山春色
才知道你有春天的腰
比江南还要江南！

汉口租界

一

搁下想象,去时间之外
用平分秋色的心态读这些建筑
如果月黑风高,入室抢劫者登堂入室
然后理直气壮地分赃
冠名时
我叫它据点
换得乾坤朗朗越俎代庖成为过去
为观光者导游
谈论美学,评点五国建筑
大脑里尽是艺术符号
倘若问及瓜分
严肃就统治面孔
陈诉这些老房子和租界的关系
像法官,出示
证据

二

活到这个年龄
路都嫌我走得慢,老态龙钟
有时在洞庭街、一元路独行
触目老建筑
记忆会咬破沉睡的思想
坐上一级台阶
听当年死去的血滴,替一段历史
喊疼
心就有神复活,会长出铁树
不相信老,尽管泪被岁月榨干
如果要我讲当年的屈辱
还会怒发冲冠
老泪纵横

三

当祖国沉重得只剩下土地
当人民卑微到不能给自己做主
当鞭子在人家手里,鞭痕落在自己身上
当黑色瞳仁消化不了泪
我那不识字父辈,每天沉重
在气喘吁吁的码头扛包
他们没有心思欣赏艺术
他们眼里

这些建筑尽是西洋的派头
落在自己心里，一栋洋房
一道滴血为痛的疤痕

水　塔（外二首）

用视觉触摸墙体
你会慨叹:水塔老了
岁月真是高深莫测的尘封者
日出月落之间
物换星移
相对于时间的长度
所有的建筑也是过客
是自己的墓志铭

大　钟

最初是梦想的高度
站上去可以平视白云黄鹤的走廊
不知穆尔先生用了什么技法
把一吨重的大钟系于天的横梁
从此话语中有了新词汇
瞭望、给水、望丁、火情、消防
里巷中传出歌谣
最怕乱钟三十响

救火龙一到
一头猪白养

响　声

那时大钟在水塔顶部
那时大钟用响声说话
火警
起乱钟三十响
再以响数告知区域
一响,洋火厂至华景街
二响,歆生路至前后花楼
三响,花楼至堤口
四响,堤口至四官殿
五响,四官殿至沈家庙
六响,沈家庙至大王庙
七响,大王庙至武显庙
八响,武显庙至仁义司
九响,仁义司至硚口

历史的方印

没有真正的问天者,何以判断
天空有无选择权
放开胆量去想
十八星旗在那时的云际里飘
是梦想成真的图案
还是统治者扔在脑后的一个破绽
历史其实有眼
人民总是站在正义一边
十八星旗带领的牺牲者,站成凝血墙面,
多具体,一个灰飞烟灭的弹洞
帝制
落为一地碎片
今天的风吹来,绕不过蛇山
树叶说:阅马场没有一匹马
都督府、谘议局也可以忘却前身
用命存照,留下丹书
历史的铁券
当舍生取义的建筑把岁月篆刻为标志
日月在自由的时空睁眼
凝血的砖垒出厚度,是历史的方印

负重

为天地立言

鹦鹉洲

那时天青水蓝,风来风去无是非
草和草爱得死去活来
那时江心洲替两条江牵肠挂肚
卵石打坐,修炼不求因果的等待
那时黄鹤刚学会水里照镜子
一群鱼哗变,把下凡的云惊呆
那时祢衡在酒杯里迷上碧姬
有了《鹦鹉赋》,两个鬼在阴间对拜
那时我在杏花村吹笛,憧憬来世
想去鹦鹉洲踏青,巡两岸,芦花飞白
来时,童话揣旧了
鹦鹉洲归隐,崔颢躲进诗的山寨
汉阳树扶着流水,看暗香散步
无忧无虑的空旷
江像一根弦,拨动浪花的告白
醒是前兆,草芽题新词
伯牙、子期坐起
古琴台一惊,两个白发苍苍的影子
跪下
艺术在虔诚
虔诚在叩拜

江汉路

沿这条街走，兴奋的脚支撑双目
又被得陇望蜀的眼支配
颠颠的，慈悲心大放血
好像自家的钱是人家挣的
掏给那些卖机会、卖实惠、卖优惠的
铺面
店员游刃有余地站着，挤出微笑
店门大睁日进斗金的眼睛
落地玻璃慷慨，透支魂魄
租金拾级而上，比门前的台阶高
高跟鞋两节腰，挽高富帅
“噔噔噔”进来
班尼路、真维斯、佐丹奴顺眉
恭迎大言不惭的天后
今日里，处心积虑的手串通密码
刷卡就刷出快感，不给荷尔蒙退路
AA 制不消费中国
江汉路号召流光溢彩的融通
给另类不遗余力的霸气
让电脑押解银行，让饥要择食转基因

把钱变成没有人质的仆人
等练习复苏的霓虹灯睡醒
财大气粗的蛸蜥累也不累
打造现代典型,硕大头颅净空
富得只剩下钱了
习惯性大腹便便,抓铁有痕的影子
踩疼两袖清风的人
好在地摊上堆满了本分,小心翼翼
服侍太阳去东土
再安顿月亮去云层上睡觉
道一声吉祥!晚安
自己踩着疲倦的自己,回家

西商跑马场

一

太多的马蹄垒成碎片
被风扫除
时间向前走，一年一年落叶，埋了
昔日喧嚣
坐在冰冷的观马台，听风
对面有树木凋零
让人想到繁华落定
生和死争论
我跳上半空俯瞰，世界很小
尘埃大于一切

二

那是一段不可思议的岁月
过日子的人
在自家国土上数马蹄
哗哗流水的银子
涌进人家银行

三

如果土地用意识喊疼
马背上的骑师会去云彩上跑
他们知道土地上有一处房子
住着安静,墓志铭生根
刻出何国标、邬志远、汗梅滔的名字
当灵魂走远
忘了曾经的重量
人骨扶着马骨睁开眼
看西商跑马场顶部
天光冲动
来来去去的云
比骨头白

四

那时大汉口被称为东方芝加哥
有西商、华商、万国跑马场
那时大上海是十里洋场,风云际会
有上海、江湾跑马场
那时有人在上海、武汉买马票
用白开水的口吻说
输了,马蹄踩碎自己的心
赢了,心也被人家的马蹄踩碎

汉阳造

这是一款经典的老枪
和那部热播的电视剧无关
如果把经历演算成资历
给惊诧的眼睛补一点光
我可以萌一些,用拟人的手法介绍
火光之神
出身名门
是洋务大臣张之洞的得意之作
祖籍:德意志
出生地:汉阳
姓名:汉阳造
曾用名:老套筒
兵器世界里,算一条被戎马生涯的汉子
参加过民国初到建国前的所有战役
尤其 1911 年 10 月 10 日晚
程定国把准星对准千年帝制
一个准确的弹洞
青龙旗倒下
汉阳造被一群造反的手举起
史料如此记载

诞生于汉阳兵工厂
无腿,跟定两条腿打天下
无恨,射杀过诸多仇家
无征服欲,走进硝烟平复硝烟
无思想,装备了听命思想的新军、北洋军
北伐军、红军、八路军、新四军、解放军
在历史眼里
它是个要命的角色
戎马生涯
参与了政权更迭,王朝兴替
如今老了,在博物馆赋闲
持守一份清静,思考一个比较哲学的问题
逃去台湾那个独裁者
被美式枪炮武装过
如何理解
枪杆子里面出政权

铁板洲

陪一株草
独坐铁板洲
不托腮,就是思想者

如果让眼睛皈依
看健壮的浪花匆匆赶路
你会发现,在这里
芦苇是没有思维的风向标
高屋建瓴的哲学归于简单

那一岸
一艘沉没的船打捞起隔世的沉没
超度岁月的文物讲解灵魂
游客相信,一批死去的人活着

洲头
一条大江一分为二
洲尾
两股激流合二为一

草,替时间打坐

人,坐化于时间

天兴洲(外一首)

来天兴洲多次,踏波无痕
木桩坐在浪花上
小船迟迟不肯上岸
对着天高云淡的世界,发愣

真的无所事事,三天打鱼两天晒网
只是心要偷懒
替我找一方净土
就一个人
坐在不会争风吃醋的卵石上

看大江流水
看一方不沉的舟。用什么招数
打发一丝不苟的时间
结果是开诚布公的
水被洲头裁开

左联:滚滚长江东逝水
右联:逝者如斯夫

我伫立洲头，不着点墨
算不算一道独立寒秋的横批

奢　侈

在一株芦花的高度巡视两岸
楼群疯长，比庄稼稠密
人突然开悟
当土地可怜得买不起楼群
生态自然昂贵
就像脚下的天兴洲
不管设不设立学堂
一地的花草可以给蝴蝶讲解铺张
天黑下以后
偌大的天兴洲，就一头牛陪我
月下
听几只蛐蛐唱响摇篮曲
突然问身边的风
天下有谁比我奢侈

龙王庙

坐在这里不需要话语权
古往今来的事，多少浪花滔滔
用两条江陈述了千年
剩下的话让有口无心的风去说

现在只想平静，就像龙累了
卧着
卧出龙王庙
卧成物换星移的堤
为大江读秒，计算流水和时间竞走的行速

偶尔拔白超俗，坐在浪花上
听两条江争论泾渭分明
心可以野，跳上龙王阁，看一脉江水东去
让胆子大，把渺小沉入江底

其实，不论长江走多远
都是我手里的一根绳子，有它
就牵着五湖四海

所以我不怕世界跑了
敢放九条龙,去梦里的故乡

长江第一桥

一

小时候,有双神一般的眼睛
站在浪花上自在
看见通天而来的江上有了第一座桥
两岸被缝合
距离被缝合
龟山和蛇山握住的手
再也不愿分开

二

一个小朋友问母亲
这么长的桥是从浪花里长出来的吗
母亲的眼睛就看见一群汗水
翻滚成脊梁上的浪花

三

江上,我指着大桥问小朋友
它像不像根扁担

一个说
是一根扁担挑着两座山
一头有电视塔,一头有黄鹤楼
另一个说
是两座山抬着一根扁担
江里装满了浪花

四

大桥开通那天
一列火车呼啸而过
浪花在水面跳跃
有人说是火车在震动
有人说是一座城市
在激动

五

在这座桥的记忆里
一桥飞架南北,天堑变通途
是不刊的绝句
有人强调对仗,改成
一桥连南北,天堑变通途
一江浪花站起来评说
前者
是伟大的浪漫主义加现实主义
后者

是咬文嚼字的形式主义

六

那个年代,仅用两年一个月
建成这座桥
那个年代,放开胆子想
也料不到今天所承载的车流
那个年代,人追求一份踏实
五十年过去后,这座桥给人的感觉
还是两个字
踏实

七

看浪花靠在岸边休息
就想问那些站立的桥墩累不累

穿越黄鹤楼

一

一万只黄鹤，在诗一样清丽的羽毛上走远
一万只黄鹤，找不回费祎放飞在笛音里的
芦花和水声。当轮回的风披着雨归来
浪花还在，当年的景致已不认识自己

不愿失明的传说还在郊外踱步，考古的人
醒了，又躺在堆满汉字的旧书里睡去
气宇轩昂的江风掠过，一个高仿的身影
站起，站在比历史更加深邃的天空

这是顶戴文化袈裟的千古名楼，佛光开处
把通古博今的符号挂满周身
等肃穆的眼神长进山体和树叶的茂盛以后
人影晃动，顶礼膜拜乘坐心的神曲走来

太阳的光被凌空裁为两截，一段化为想象
在眼前装饰独具东方魅力的圣殿
一段保持沉默，蹲在文化的身后

酝酿五百年后又一尊破世而出的图腾

二

一个走进记忆的人推开没有遮拦的
围墙，踩着比水温柔的阳光走近你的距离
眼睛的柔情重温旧景，翻越十个朝代
时间的马蹄隐隐遁去，三国的硝烟尘埃落定

残简断牍之中，烽烟飘来一队啼血的黄鹤
白云悠悠，长河滔滔，黄鹄矶上落日血红
一抹夕阳尽染北去长风，时间的脑海里
还原出一座把自己站成文物的哨楼

我看见，战火和硝烟挥动旗帜的地方
倒下的是一片废墟，驰骋的是刀光剑影
直到腥风血雨把燃烧的战火逼上绝路，文化
才捡起满地的碎片，用骨头构建自己的帝国

三

很多美丽的眼睛和身体都在这里长大
很多痴情的寻找都在这里变成石头
一只长寿的龟埋头考古，两颗瞳仁
熬成钻石的时候，眼睛哭了!哭成两行泪

一行给了长江，一行给了汉水

这里是箭镞和战船出发的地方，这里
是华盖和羽扇纶巾握手言欢的地方，这里
是刀枪剑戟起义又倒戈投诚的地方

百年时运一炬火，万世师表
千古文章两江流，一脉相承
沧桑的史籍文脉在楚风汉韵的浸染中涅槃
崭新的门窗格扇在白云黄鹤的故乡里采风

江河远去，云霞临风，酒香在天边醉着
吟唱的李白依旧站在崔颢的诗句里
时间的长度上，今天的浪花洗去昨天的月色
昨天的月色又在酿制今天的良辰美景

一代天骄从鹤的翅膀上归来，弯弓已折
思考的脚步路途漫漫，睁开的眼睛一往情深
一个个朝代走过去，一群群诗人走过来
李白搁笔的地方，一座名楼如画，吟着青史

龙泉山怀古

头次来，龙泉山年轻二十岁
朱桢墓空空，樊哙墓空空
旧址被岁月拆得七零八散
给视觉强烈震撼
脑子里冒出陈子昂的诗句
念天地之悠悠，独怆然而涕下
感觉时间才是独裁者
不费力，把一切摆平
如果不信
你去问问朱桢的白骨
不开口就是开口
不管活时多风光，死后他和陪葬者一样
都是土地的祭品
高低贵贱废黜
了断善恶的骨头痛不欲生
该醒醒了，但醒不过来
生前的荣华富贵不丢，决定你死后劫数
盗墓者是冲你来的
窃走一切物件
留下尸骨，陪熄灭的灯

熬你自己吧
风钻进墓穴,是善意提醒
走了,就松手
别怕两手空空

清凉寨

双峰尖和西峰尖谁高
那个走山路的僧人知道
我来时,它们站着
清凉寨把自己藏在大山里
只有金银花楞,爬在篱笆顶端
这山望着那山高
弯腰。我在通天湖掬水
看倒影里的红叶峡、西风古寨
看一群白鹭落在通幽半岛
三部书的石头替天开口
别妒忌！这里的草木命好
有滴水观音布施
甘露是天降的福报
攀爬瀑布精力充沛
给流火的夏日
冲澡
浴仙谷,一个姑娘从水里浮出来
半坡窜出个声音
姑娘,你漂亮！杜鹃花一样漂亮
她亮着嗓子回应

不对！在我们清凉寨
——金银花
才是最美的寨花

婆婆树(外一首)

耗时六百七十多年
把你整形为有生命的雕塑
这位大师低调,不肯说出自己的名字
有人猜是风,有人猜是雨
有人猜是时间,有人猜是岁月
也有人猜是春夏秋冬
我去实地看,一切都不存在
你就是一棵小叶朴树
开白花,结红果
漫不经心站着
头顶,长天一色
脚下,土地厚重
围合的铁栅栏画地为牢
就像将士守卫自己的疆界
把世界关在外边
转身走,风过来
耳旁
有一声重重悲叹,我想问
是你的心境,还是
游客的心境

根

让想象力做主
如果树下做针线活的婆婆是盟主
这隆起的根可以叫九龙赴会
可我是农民的儿子,在我的思维里
现实大于一切
根就是根
我还知道,这棵树
也是农民的儿子
它坚信土地比黄金更贵
风来劝说
太阳用光线雕刻
它都隐忍
不改一身泥土的颜色

木兰山

不问木兰山多高
那个传说足以放大灵感的胆量
在飞鸟无法丈量的高度
我放纵想象
打马，骑一匹没有缰绳的云彩来

二天门，替天打坐的是一群石头
路一瘸一瘸地走
让人想起那个内忧外患的朝代
在金顶供香的人，没有英雄
木鱼诵经
启悟虔诚，顶礼对英雄的崇拜

我从舍身崖回头
下马石上停着一根风，讲述记忆
她一身披挂，是几个永不解甲的汉字
——忠孝礼义

时间跪下，花木兰挂鞍扶马
右脚是乾坤

左脚落定稳稳的江山

远处
是硝烟埋没战火的地方
拴马石空着,一段历史绝尘而去
将军的坟住在那里,就一堆土
简朴的灵魂在里面

月高夜黑时
有风吹动草叶,唰啦,唰啦,唰啦
很像织机声

落雁岛

盛产雾的水面,神秘在撤退
菖蒲出水,拈一炷香
东湖成了莲花宝座
水杉的气根比木鱼多
陈列菩萨的耐心
我看了,想起佛祖的脚印
他在寺院里坐着
当年怎么化缘? 留下这一路善行
鹭鸶好像在等,腿站酸了
还没望穿秋水
僧人埋头在远方苦行,眼下
一个修成正果的都没来
秋风有些失意,手指冰凉
风韵犹存地掠过
把落雁岛梳理一遍
我抬头,岛上的水杉与天齐高
天空没有人拉幕,一群大雁
由北向南来了
落雁岛的十一月是开放的
叶子有韵律地飘

像雁群交出的落地签证
它们飞走后
秋天就把这一页翻过去
冬天开始构思
打扮出一个自己中意的落雁岛

八七会址

最触动我的会场，是八七会议会场
八十多年前散会
桌椅板凳又重新坐在那里，像思想者
蹲在自己的记忆里
被历史拷问，又拷问历史
我来时，坐在这里开会的人都走了
一个不剩
连背影都看不见，只能去想
一身骨头，两只空空的手，还有
非物质的洒脱
他们丢给身后的
是用命为穷人打造的天堂
应该算苦命的奔波者
又去了另一个天堂，似乎要验证什么
停在这里的只有安静
像涅槃于硝烟和战火里的神
大言无语，让朝拜者心领神会
把崇敬写在如饥似渴的眼睛里
馆名，是当年的中央秘书题写
墙，用骨头的白装裱，肃穆

毛泽东、瞿秋白在自己的照片上凝神
看过去,心就不平静
可以想见一场翻天覆地的土地革命
也可以体会最终的尘埃落定
会若有所思地问自己
如果“枪杆子里面出政权”是真理
巩固政权
有没有真理

双凤亭

下不下雪，由季节编辑
我眼拙，只关心双凤亭那份朴素
程朱理学还是老样子，在眉宇间踱步
雪花飘飘，依旧是风设计
把聪明池冻僵，塞进扉页破旧的书
刻苦进化成两枚脚印
眼睛里的手替心发力
推开比成语古老的萤窗雪案
精神兀地一抖，四周皆是虚无
梨花纷纷落，比程氏兄弟的手稿多
累呀！一页一页翻
手指酸了，镜片在自己的度数里老花
你看看隔壁
月光白，流矢湖绿，两节腰对坐
用一盏青灯的光皓首穷经
梦多逍遥，活脱脱，挤进小窗
一处画面青白，有前世，也有今生
好伟岸的学问哦
弟子盈门，宋朝的膝盖，跪在
字典堆砌的高地

比大雁塔高，
你看，洒脱的胡须飘动，放牧声音
吐字还那么老套，迈不出思想的门槛
不知所措的繁体字瞻前顾后
让妄自菲薄的人柳暗花明
天外客自己来了
用长城的砖敲击耳膜
程门立雪等于学问处罚谦虚
有七尺风骨就放你的胆，别弯腰驼背
高就高过天庭
给历史一个超拔的影子

娜是一个神话

一

岁月如果有心
会镂刻这页日历
2011 年,法网夺冠赛赛场
你从一滴汗里破茧
抡拍
将球高高抛起
世界找到一个共同的焦点
你眼里
那是一枚球
中国人眼里
那是一个民族期待的
爆发力

二

在你眼里,扣出的每个球
都有另一个名字
你叫它汗水
其实累得腰酸背痛的球拍明白

那是一个女人
与汗水较劲的结晶

三

率真，是因为不设防
它的另一个解意叫信任
2012 年的悉尼赛场上
比分落后的你对姜山发飙
嫌我丢脸？不想看就滚出去
作为电视屏幕前的观众
会想起一句老话
打是亲，骂是爱

四

阿拉斯眼里，你扣出的球
神都无法收回
它有准确的落点
不是输赢
是球迷的心

五

怕时间健忘
我用诗记写一组娜式传奇
6 岁，网球开始练习你
1999 年有了职业选手的头衔

一路拼杀，闯进四大满贯
WTO 巡回赛，用实力告诉世界
黄皮肤的手也能夺冠
在北京，打入奥运四强
2011 年勇夺法网冠军
这一年，排名追至世界第四
这一年，再破天荒
获年终总决赛资格
2013 年，网坛又一次垂青你
职业生涯首次打进总决赛冠军争夺战
获亚军
世界排名第三
这一年，你
已经三十一岁

六

如果精神这东西突然说话
倡议来一次海选
推举球迷心中的国家英雄
老气横秋的我会让自己年轻
很冲动地
替武汉举手，喊一个很亮的名字
——李娜

武昌鱼

在樊口,水是镜子的摇篮
月亮做梦,把姿态放低
和喋喋不休的浪花交谈
鱼是吵醒的,让鳞片跳出水面
涟漪直接发布的信息,由远及近
用左耳听,一个声音说
武昌鱼的曾用名是团头鲂
用右耳听,又一个声音说
团头鲂的常用名是鳊鱼

在樊口,水是武昌鱼的民间
让想象力潜水,向深处巡视
和不食人间烟火的鱼打成一片
能看见刻苦钻研的藕,用寂寞修炼心眼
藕芽是叛逃者,寻找蜻蜓,左顾右盼
教走过来的风背诵
宁饮建业水,不食武昌鱼
又教走过去的风吟唱
才饮长沙水,又食武昌鱼

在樊口,水是龙文化的鳞片
去一滴水里考古,找出鱼的眼泪
拎半条命上岸,和杯盘狼藉的桌子推杯
骨刺是原始的甲骨文,验证化石涅槃
一双拨乱反正的筷子,挑三拣四
左手转桌
骨节瓷白,横陈 14 根刺
右手又转桌
脱胎换骨,少了半根刺

在樊口,水对懒洋洋的武昌鱼说
水有本身,是土地的眼睛
你幸福时笑,悲痛时哭
都有泪
鱼最担心泪干了,白骨面对白骨
欲哭无泪

都府堤

一

青砖，黑瓦，民宅
石板路，老墙头，旧匾牌
置身此地，耳膜入定
能听见历史和时间对白
不管走多远，血还热
你要让眼睛回头
记住这条街
时间抱拳作揖：我是匆匆过客
还是叮嘱咀嚼幸福的人吧
门开着，就应该进去
展馆，有历史存放的记忆
由岁月刻成光盘

二

时间走了好长的路
一段历史在沉思中抬头
看来要辩证地看“4 · 12”大屠杀
一个阶级被枪声惊醒，屠刀擦亮了血

那个把命逼上山的人
提出了枪杆子里面出政权

三

青石板路应该记得他们的脚印
就像历史能够说出他们的名字
毛泽东、杨开慧和三个孩子
陈独秀、王荷波，还有一批委员
他们在这里寻找中国的路
离开的时候
义无反顾
风萧萧兮易水寒

四

都府堤可以问星星
那盏灯熬出的文字
后来写进了《毛选》
那盏灯跳动的光亮
让一个人坚信：星星之火，可以燎原
那盏灯现在还记得那个人
他在这里写出了
《湖南农民运动考察报告》
从此农民成了一场革命的同盟军
他后来是人民领袖
红太阳、大救星

是穷人送给他的曾用名

五

都府堤没有堤
曾有大户人家坐落,像一枚枚闲章
现在
这里有了一组铜像
凝重
站在中央监委诞生的地方
十个人肩并肩,像一堵墙
他们将和岁月一同站下去
为自己的党
遮风挡雨

西北湖

真美,闹市里的水瓶座
标示一个城区的个性
如果我替上帝开口,必须实说
你是上天随嫁的一方翡翠
西方人叫它祖母绿

命真好啊,寄居在有福的地方
有人称这里东方曼哈顿
有人就挤在这里住
在凉台上搁一对眼睛
看太阳和月亮给日子写真

这里的负离子精力过剩
这里的涟漪善于剪辑高楼的倒影

用朴素的眼睛看
你就是一面湖
明眸清澈,把四周洗得干干净净

有时我坐在水岸,看波光潋滟

会想到上帝的眼睛
有时我从飞机上俯瞰
云彩会贴着窗玻璃问
那是下凡的尘世的一片天
还是土地的眼睛

他

七十五年前,毛泽东表扬他
一个外国人,毫无利己的动机
把中国人民的解放事业当作他自己的事业
这是什么精神?这是国际主义的精神
这是共产主义的精神
他的名字后来进了《毛泽东选集》
中国人都知道他,他叫白求恩

七十五年后,我来到他工作过的地方
不是延安,也不是五台山
是武汉市第五医院
院长告诉我
这是白求恩飞抵中国后的第一个居住点

你如果能背诵芳草萋萋鹦鹉洲,就知道这里
这里有一座小教堂
和大名鼎鼎的汉阳树比肩而立
白求恩就住在里面
他好像知道大诗人崔颢
早晨散步总对那棵树说:你早,你好

据说他在这里住了七天
为当地人做了七台手术
躺在手术台上的人不知道他叫白求恩
只知道拿刀的是一个蓝眼高鼻的外国人
很和蔼
镜片后的眼睛很负责，很认真
给人一种踏实，牢靠

他们还记得
这个人做手术不要钱，只听你说声
谢谢
他就笑了
笑得由里到外，很外国

汤逊湖

借四季的手化妆
不做作，给自己一份野生的美
我来时，有那么多荷花出水
一味地洒脱、自在
不知是她们看我
还是我看她们
就感觉这里的水有双会说话的眼睛
对视久了，会想起
清水出芙蓉，天然去雕饰
还想起相期邈云汉，天上人间
一切归静
眼睛把拥挤忘了
鼻子把雾霾忘了
耳朵把红尘喧嚣忘了
肚子把舌尖上的中国忘了
唇，把千古一吻忘了
鱼在视察水立方
涟漪在丈量自己的版图
土地还那么老实，捧着替天开光的镜子
只有菖蒲淡定，拈一根香

被点燃的太阳挂在半空,布施光
温暖免费
我站在水岸
天空,云在走
湖里,船在走
花间,风在走
我的心陪我,就爱上这里
真不想走

墨水湖

水其实没有颜色
这个名字却让人顾名思义
以为它黑
以为这里荷花高贵,真的出淤泥而不染
许多大脑会信马由缰
想到一管管排放孔用墨水写诗
想到鱼腹中潜伏着惊心动魄的雾霾
想到油锅里色味俱佳的臭干子
想到沿岸的人喝墨水长大,一肚子文化
想到李白在黄鹤楼提笔,用那里的水研墨
如果用想象的锄头去挖
把淤泥扔上岸
会不会是一窑煤的肤色
把一根藕切开
长进藕孔里的泥突然开口
算不算一堂解剖课
我相信会是动人心魄的发言
告诉流了一湖泪的鱼
我们有心眼不为错
可黑了心眼不是我们的错

我喝湖水长大,这场景让一颗心难过
真的
从小听墨水湖很美的传说
现在最怕
它真的成了传说

柏泉古井

搁在月塘边,是祖先捏制
来不及烧成的一口陶罐
近旁,菩提扶一株德高望重的慈悲
拎桶进出的僧人知道
井里贮满观音菩萨布施的圣水
夜深时做梦
它是土地神从天上掰下的一块月亮
仰着脸,与天对视
像窥破天机的慧眼
白天窖藏太阳,晚上窖藏月亮
我回村,偶尔挑水
桶沉进去
提出一眼干干净净的平静
它养活了月塘湾的人
也养活着土地上一茬一茬的
日子

粮道街

那时楼群还没长成庄稼
天际线单纯，一脉山水的流韵
风不兜圈子
直来直去地吹
那时粮道署坐镇武昌，一门心思经营王土
粮道上车来人往，流行一种景象
忙
太阳累得冒汗，粒粒滚烫
摔碎
就是一车车谷粒
后来，把粮道碾宽的人在城里修路
还修了勺庭书院、江汉书院
好长一段时间迷于古人身后的书香
宅院森森，有红袖添香
五十年代末，流行饥肠辘辘
蚕豆苗煮白水的滋味
让我记住饥饿
也记住从田野到谷仓的一段粮道
是温饱到饥寒的距离
活着，就无法省略这段路程

现在粮道街挤满繁华
民以食为天和谷贱伤农右耳进左耳出
一天,偶尔从学校门前过
教室里传出诵诗声
锄禾日当午,汗滴禾下土……
抬头,有一轮太阳在半空聆听
光芒之下
一片水泥森林也用窗户的耳朵听
路,好宽好宽
车辆多如米粒,都有自己的方向盘
它们不吃稻米
它们喝惯了汽油

抱冰堂

抱冰堂,是一座生祠
在蛇山南腰,建成那一年
抱冰老人故去
一条命归为一个句号
张之洞三个字依然我行我素,家喻户晓
照片是标准像
银须,可以读成洗白的岁月
目光坚定,在那个朝代
就敢从东方看到西方
读史的人明白,他是洋务派
督鄂十七年,在一个省
干了一些大清王朝该干的事情
没有总结,也没留事迹材料
到现在湖北人念他
提到张公堤、汉阳铁厂、纺织局、新式学堂
都知道,是他的手笔
他是个挺清廉的官
把银子看得轻,把人格看得重
闭目后,靠亲友致赠的奠仪安葬
就那么两手空空走

只留给后人一样值得相传的东西
老百姓叫它
口碑

市民之家

站在这里
你用法国人的浪漫咀嚼抽象
建筑本身是一种表达
像两只大手紧握在一起
攥紧就是一座城市的力量
过去、现在、未来由时间去篆刻
它落定
就是一枚方印

“市民之家”四个字是中国人熟悉的毛体
广而告之
这里的权力为人民所用
一个外国朋友问
你们为什么选择他的字体
回答:他是人民领袖
外国朋友说:据我所知
他其实是许多中国人心里的上帝
人群里有人接话
他活着的时候一直强调
人民才是真正的上帝

到今天，这句话
已被历史刻进历史的大脑
万古不废

长春观

山门把一切关在外面
一根香,一粒豆火
算是人间最后一点俗念
藏经阁极度安静,没有
翻书声
月在半空,仿佛在为万物开光
又像被长夜剃度
方丈走出来,披一身星星
他看月亮
无尘处,净空如洗
有如一团明矾

谭鑫培

没人替你数过摔碎的汗珠
它毕竟不是银子
但它重,落地有声,告诉审美的眼睛
国粹玩不出来,是一种垒起来的厚实
当天分被勤奋开光,艺术生根
台步才稳
一招一式生风
舞台上就走出一路响板

那时没有这等排场,戏台大不过堂会
票友们没钱
口袋羞涩,无法为你掏出一座公园
你就把舞台当擂台
孔明设空城计,你唱空城计
场场爆满,戏迷癫狂
看那出《定军山》,老黄忠捋须,
白雪飘飘
归腔归韵
一声亮嗓入云,碰得星星眨眼
老生就此上了霸主之位

剧坛有了——小叫天

在江夏，我听戏迷侃戏
才知道《定军山》是第一出上银幕的京戏
也是中国第一部电影
锣鼓声里，你踩碎一地响板
一个亮相，说真的
真分不清你和京剧谁是角儿

汉口江滩

把这里想成武汉的城市客厅
推窗
让心空，把一切放下
你能看见大自然的排场
你能发现造物主的偏心
浪花没学过一天音乐
居然拨动一根很长的弦
楼群没受过孕，竟然用年轻的早晨
孵出一轮太阳
那些桥是鞠躬尽瘁这个成语的写真
弯着腰，很累的样子
把两江四岸缝合
流水是从容的，没见它迈脚
却能模拟时间走路的声音
看那一岸芦花，把季节当轮回
一茬一茬，替时间白头
再看南岸嘴
把两条江搓成一根绳子
一头拴着三镇，一头拴着
五湖四海

过　客

碑,昭示身份
强调墓主生前的显赫
现在只剩一堆沉默,对后来的一切缄口
修补的痕迹是伤口
记住一次痛
也记住愤怒的手臂和袖章
那会儿,打倒是很流行的口号
重见天日的肉身站不起来
就像谁也无法撬开时间的嘴
让死的和活着的对白
命,匍匐了,就被土地收编
灵魂背负沉重,吐不出半个汉字
如果有心,去翻翻存档
他叫黎元洪
因为一声枪响击倒一种制度
他被迫选择偶然中的必然
黄陂成了如日中天的地方
不知是时间抢跑,还是历史转弯太急
历史给了他突兀而至的重任
却没赋予他有所作为的过程

说直了,就是
从逗号到句号的距离太短
都知道他做过民国的大总统
却说不出他在任为国民做了些什么
作为过客
我要去看看他的墓
过去或今天他都算名人
但在岁月眼里
生命一尽行色匆匆,一尽两手空空
细想
都是一名过客

汉口北

一切都是迟早的事儿
不管露甲山是不是一个隐喻
黄花涝如约，就能给流水的日子洗牌

你可以很新潮地来
在盘龙湖饲养浪花，学着守身如玉
然后挽着奥特莱斯在灯下走
踩疼高富帅的影子，帮时间花钱

但不要忽视汉正街的商铺，推窗的人
正向这里张望
宁静乱了阵脚，一批现代意识茂密、茁壮
敢为人先、卓尔不凡的人放纵胆略
用一条府河给老气横秋的思维洁面

去F天下，去另一个武汉关
再看一眼新起的中国院子
你会相信，这里是风水宝地

那些陶器、青铜器是历史童年时的脸

思考了三千五百年
对眼前的一切,写出证言
这里埋着城市的根

一位考古学家走过来
把陶片摆弄了很久
裂痕突然开口:历史走得太远,谁也去不了
他摘下眼镜,耳边又有一个声音

这里的人不相信童话
这里每天都产生大量的童话

二妃山

怕去钩沉,历史够重了
不再触那些陈芝麻烂谷子的事儿
垃圾占山为王
已让这座城市烦透了
还没皈依
妃子睡过的山头又削发为尼
佛祖岭瞻前顾后
哪还有心去管顾藩王的墓群
马尾松、苦楝子、柞木跪在刀锋上
季节一把鼻涕一把泪
劝一只哭得死去活来的杜鹃
时间沉稳,睁只眼闭只眼
得过且过的样子
熊召政书写的《二妃山记》挂在墙上
一本正经
读来读去,是一颗童心
四面埋伏的开发商,反复克隆老谋深算
把蚕食的本领练到极致
砍了头的马尾松渗出松油
是不放悲声的泪

其实传说中的妃子和尼姑没有关系
你把半坡的树砍了,算不算剃度
如果走来一个怜香惜玉的人
雾霾应该出来挡一下
心是肉长的
看患了肺病的山体替楼群哮喘
一双容不下沙砾的眼睛
等于楔进一颗钢钉
泪会疼醒
那些在山体上缝补生态的人
手会抖

记 忆

第一次读《悬崖边的树》
想起一个伟人的诗句
无限风光在险峰

能想见一个“七月派”诗人刚刚离开铁窗
回望处
悬崖那边还有悬崖
一种潜入精神和肉体里的记忆作祟
总感觉自己是棵树
保留着和风搏斗的形状

我试着把画面切换一下
让自己站在悬崖边
这时除了勇气、清醒、坚定
有没有忽略死亡的胆
一双脚能不能站出视死如归的根

如果这时再给一些多项选择
义无反顾
高处不胜寒

回头是岸
咬定青山不放松
不离不弃

我能否持守真诗人的情怀
像曾卓那样
被风吹倒,倔强地爬起
还是不怕吹倒的姿势

光　谷

一

算不算流失
当年，那么多精英去了硅谷
说实话
现在心里才算有底
很多声音在说
美国有硅谷，中国有光谷

二

如果世上真有神
这里的一切是不是神在起作用

楼长那么高，腰在半空里
一年拉出的光纤
可以把地球捆一千七百万圈
一根头发丝粗的光纤
可以让二十四亿人同线对话
一平方毫米面积的钢板上
打出二十个直径八十微米的孔

中国每出产五部手机,就有一部
诞生在这里

这里很牛,切割手是隐形的
光走过,不留任何切屑

乔布斯没来过这里
研究乔布斯的人说:乔布斯不是神
下一个黄皮肤的乔布斯
可能产生在这里

三

我琢磨了很久
汉阳造,是一杆老枪
武汉造,是一个产业群
青桐会,是潜力股
光谷,是硅谷的对手

四

不管是光纤陀螺的本事
还是人的本事
能让光束按预先设计的轨道走
辐射就算懂事了
知道躲开人的保护部位
这挺好的

多了一个不拿薪水的保镖

五

尽管光谷不是稻谷
资本这只鸟儿会成群地来
时间在验证
马云盯着这里
世界五百强也在抢滩这里

汽车城(外二首)

审查国籍
武汉和底特律没有关系
看了这里的轿车生产线
再看把作品发表在天空下停车场
会冒出一个念头
这里是武汉的底特律

厂　房

走下生产线的轿车,一上路
就忘了这片厂房
就像出生后的婴儿
日后一定认定母亲
却记不住产房

停车场

把成人式改一个字

这里是成型式的集合地
是行前的整装待发
如果用诗人的眼睛看
这是新写成的一行行诗句
等着总编签发

汉　绣

先是举案齐眉的手
后来
是红袖添香的红酥手

胆小,怕春秋无义战
将一颗女儿心躲在
群雄无法征战的针尖上,尺幅千里

后来学会给眼睛放生
请夜和白昼住进来
灯下构思,引两条江走针,举兰花手

灵感就跳出来,碰醒楚国的丝绸
那感觉真的好
花无正果,热闹为先
绣汉唐,绣宋元,再绣明清

如今
用一根比丝线长的时间绣流水有韵的日子
绣人间百态

绣花间一壶酒,绣月光下
一块会说话的石头

她已经成了画,坐在莲花上
湖面漾波,绣出水芙蓉
旁边有楚河汉街,有照亮半空的一盏灯笼
里面热闹
是别出心裁的汉秀

绿　道

是浪花在自己的裙边上绣出来的
是涟漪用想象力勾勒出来的
是岸线敞开胸襟亮出来的
是灵感借一只长于设计的手描画出来的

磨山打坐，芦苇在不发表作品的天空写诗
从东湖的镜子里看
落雁岛自在
不再咳嗽的风自在
替天祈祷的一簇簇菖蒲自在
吐纳负氧离子的游人自在

坐电动车的人忘了时间
骑自行车的人频频摆手

和多如过江之鲫的汽车尾气说不
和乐此不疲的路边摊说不
和患有机械唯物主义症状的红绿灯说不
跟着感觉，在绿道上巴心巴肝地游览

眼睛里挤满春天
看什么都桃花灿烂